新 潮 文 庫

祖国とは国語

藤原正彦著

新 潮 社 版

7832

目次

国語教育絶対論

いじわるにも程がある

満州再訪記

祖国とは国語

国語教育絶対論

国語教育絶対論

㈠ 日本再生の急所

日本はいま危機にある。外交ではアメリカ軍によるイラク攻撃、北朝鮮による核開発や拉致《らち》問題など難題を抱え、経済では十年にわたる不況に苦しんでいる。外交ではひたすらアメリカに追随するばかり、経済では次々に改革が打ち出されるものの一向に功を奏さず、財政赤字は増大し失業率も上がり続けている。国家財政破綻《はたん》までが囁《ささや》かれている。

教育に目を転じても、経済と同様、改革という改革が裏目に出ている。特にゆとり教育路線が十年ほど前に本格化してから、生徒の学力は着実に低下し続けている。ゆとり教育が解決を目ざした落ちこぼれ、いじめ、不登校、学級崩壊なども一向に減る兆《きざ》しを見せない。

これらに歩調を合わせるように、社会は、市場原理の跋扈《ばっこ》のもと、弱肉強食の巷《ちまた》へと傾斜しつつあり、容赦ないリストラや貧富差の拡大などにより不安定でやすらぎのないものとなった。世界一といわれた治安のよさも失われた。正業につかず勝手気儘《きまま》に生きる若者が増加し、恐るべき援助交際や少年非行に加え、金銭にからむ不正が政官財民に蔓延《まんえん》するなど、国民一般の道徳も地に墜《お》ちた。

何もかもうまく行かなくなっている。政治家や官僚だけの問題ではない。財界人の判断力や学者の見識も驚くほど落ちたし、先生や親もかつてはあった教育者としての力量を失いつつある。


全面的落ちこみに歯止めをかけようと、ありとあらゆる領域で、ありとあらゆる議論がなされて、多種多様の改革がなされてきたが、ほとんどが対症療法にとどまっているため、成果を上げずにいる。経済と教育と社会が密接につながっているように、この国の当面するあらゆる困難は互いに関連し、絡《から》み合った糸玉のようになっていて、誰もほぐせないでいる。部分的にほぐしても全体には何の影響も与えない。

我が国の直面する危機症状は、足が痛い手が痛い頭が痛いという局所的なものではなく、全身症状である。すなわち体質がひどく劣化したということである。国家の体質は国民一人一人の体質の集積であり、一人一人の体質は教育により形造られる。すなわち、この国家的危機の本質は誤った教育にあるということになる。

教育を立て直すこと以外に、この国を立て直すことは無理である。これは時間のかかることであり、即効薬も起死回生の一手も逆転満塁ホームランもない。即効薬のないことを肝に銘じないで、これまでのように、これこそ即効薬と思い次々に小手先の改革に走っていては、事態を悪化させ、いたずらに時間を空費するばかりである。数十年かけて落ちてきた体質を元に戻すには数十年かかると肝に銘じた方がよい。

教育を立て直すことが、すべての中核であることに異論の余地はありえないが、これをどう立て直すかがすこぶる難しい。政治、経済、社会から現代という時代までが絡んでおり教育界は百家争鳴を呈している。「ゆとり教育」「人権教育」「個を育てる」「国際人を育てる」「自主性や創造性を養う」「生きる力を育《はぐ》む」「指導でなく支援」「新しい学力観」などの処方箋《しょほうせん》がここ二十年ほど唱和されてきたが、いかほどのこともなかった。

教育の質はそれを受けた者の質を見ればたちどころにわかる。大学生を見れば質の低下は著しい。これらスローガンが単なる美辞麗句に過ぎなかったことは明白である。親が悪い、先生が悪い、大人が悪い、文部科学省が悪い、社会が悪い、時代が悪いなどと犯人探しも行なわれてきたが、プラスとなるものは何も産み出さなかった。どれも悪い、という当たり前の事実が確認されるだけだった。

問題は我が国の劣化しきった体質を念頭に、いかに教育を根幹から改善するかである。そのため、具体的に何から手をつけたらよいのか、ということである。私には小学校における国語こそが本質中の本質と思える。国家の浮沈は小学校の国語にかかっていると思えるのである。

(二) 国語はすべての知的活動の基礎である

情報を伝達するうえで、読む、書く、話す、聞くが最重要なのは論を俟《ま》たない。これが確立されずして、他教科の学習はままならない。理科や社会は無論のこと、私が専門とする数学のような分野でも、文章題などは解くのに必要にして充分なことだけしか書かれていないから、一字でも読み落としたり読み誤ったりしたらまったく解けない。問題が意味をなさなくなることもある。かなりの読解力が必要となる。海外から帰国したばかりの生徒がよくつまずくのは、数学の文章題である。読む、書く、話す、聞くが全教科の中心ということについては、自明なのでこれ以上触れない。

それ以上に重大なのは、国語が思考そのものと深く関わっていることである。言語は思考した結果を表現する道具にとどまらない。言語を用いて思考するという面がある。

ものごとを考えるとき、独り言として口に出すか出さないかはともかく、頭の中では誰でも言語を用いて考えを整理している。例えば好きな人を思うとき、「好感を抱く」「ときめく」「見初《みそ》める」「ほのかに想《おも》う」「陰ながら慕う」「想いを寄せる」「好き」「惚《ほ》れる」「一目惚れ」「べた惚れ」「愛する」「恋する」「片想い」「横恋慕」「相思相愛」「恋い焦《こ》がれる」「身を焦がす」「恋煩《わずら》い」「初恋」「老いらくの恋」「うたかたの恋」など様々な語彙《ごい》で思考や情緒をいったん整理し、そこから再び思考や情緒を進めている。これらのうちの「好き」という語彙しか持ち合わせがないとしたら、情緒自身がよほどひだのない直線的なものになるだろう。人間はその語彙を大きく超えて考えたり感じたりすることはない、といって過言でない。母国語の語彙は思考であり情緒なのである。

言語と思考の関係は実は学問の世界でも同様である。言語には縁遠いと思われる数学でも、思考はイメージと言語の間の振り子運動と言ってよい。ニュートンが解けなかった数学問題を私がいとも簡単に解いてしまうのは、数学的言語の量で私がニュートンを圧倒しているからである。知的活動とは語彙の獲得に他ならない。

日本人にとって、語彙を身につけるには、何はともあれ漢字の形と使い方を覚えることである。日本語の語彙の半分以上は漢字だからである。これには小学生の頃がもっとも適している。記憶力が最高で、退屈な暗記に対する批判力が育っていないこの時期を逃さず、叩《たた》き込まなくてはならない。強制でいっこうに構わない。

漢字の力が低いと、読書に難渋《なんじゅう》することになる。自然に本から遠のくことになる。日本人初のノーベル賞をとった湯川秀樹博士は、「幼少の頃、訳も分からず『四書五経』の素読をさせられたが、そのおかげで漢字が恐くなくなった。読書が好きになったのはそのためかも知れない」と語っていた。国語の基礎は、文法ではなく漢字である。

読書は過去も現在もこれからも、深い知識、なかんずく教養を獲得するためのほとんど唯一《ゆいいつ》の手段である。世はIT時代で、インターネットを過大評価する向きも多いが、インターネットで深い知識が得られることはありえない。インターネットは切れ切れの情報、本でいえば題名や目次や索引を見せる程度のものである。ビジネスには必要としても、教養とは無関係のものである。テレビやアニメなど映像を通して得られる教養は、余りに限定されている。

読書は教養の土台だが、教養は大局観の土台である。文学、芸術、歴史、思想、科学といった、実用に役立たぬ教養なくして、健全な大局観を持つのは至難である。

大局観は日常の処理判断にはさして有用でないが、これなくして長期的視野や国家戦略は得られない。日本の危機の一因は、選挙民たる国民、そしてとりわけ国のリーダーたちが大局観を失ったことではないか。それはとりもなおさず教養の衰退であり、その底には活字文化の衰退がある。国語力を向上させ、子供たちを読書に向かわせることができるかどうかに、日本の再生はかかっていると言えよう。

(三) 国語は論理的思考を育てる

アメリカの大学で教えていた頃、数学の力では日本人学生にはるかに劣るむこうの学生が、論理的思考については実によく訓練されているので驚かされた。大学生でありながら(−1)×(−1)もできない学生が、理路整然とものを言うのである。議論になるとその能力が際立《きわだ》つ。相手の論理的飛躍を指摘する技術にかけては小憎らしいほど熟練しているし、自らの考えを筋道立てて表現するのも上手だ。

これは学生に限られたことでなく、暗算のうまくできない店員でも、話してみると驚くほどしっかりした考えを持っているし、スポーツ選手、スター、政治家などのインタビューを聞いても、実に当を得たことを明快な論旨で語る。

これと対照的に日本人は、数学では優れているのに論理的思考や表現には概して弱い。日本人学生がアメリカ人学生との議論になって、まるで太刀打ちできずにいる光景は、何度も目にしたことだった。語学的ハンデを差し引いても、なお余りある劣勢ぶりであった。

当時、欧米人が「不可解な日本人（inscrutable Japanese）」という言葉をよく口にした。不可解なのは日本人の思想でも宗教でも文学でもなく（これらは彼等によく理解されつつあった）、実は論理面の未熟さなのであった。少なくとも私はそう理解していた。科学技術で世界の一流国を作り上げた優秀な日本人が、論理的にものを考えたり表現する、というごく当たり前の知的作業をうまくなし得ないでいること。それが彼等にはとても信じられないことだったのだろう。

日本人が論理的思考や表現を苦手とすることは今日も変わらない。ボーダーレス社会が進むなか、阿吽《あうん》の呼吸とか腹芸は外国人に通じないから、どうしても「論理」を育てる必要がある。いつまでも「不可解」という婉曲《えんきょく》な非難に甘んじているわけにはいかないし、このままでは外交交渉などでは大きく国益を損なうことにもなる。

数学を学んでも「論理」が育たないのは、数学の論理が現実世界の論理と甚だしく違うからである。数学における論理は真（正当性一〇〇パーセント）か、偽（正当性〇パーセント）の二つしかない。真白か真黒かの世界である。現実世界には、絶対的な真も絶対的な偽も存在しない。すべては灰色である。殺人でさえ真黒ではない。死刑がある。殺人は真黒に限りなく近い灰色である。

そのうえ、数学には公理という万人共通の規約があり、そこからすべての議論は出発する。現実世界には公理はない。すべての人間がそれぞれの公理を用いていると言ってよい。

現実世界の「論理」とは、普遍性のない前提から出発し、灰色の道をたどる、というきわめて頼りないものである。そこでは思考の正当性より説得力のある表現が重要である。すなわち、「論理」を育てるには、数学より筋道を立てて表現する技術の修得が大切ということになる。

これは国語を通して学ぶのがよい。物事を主張させることである。書いて主張させたり、討論で主張させることがもっとも効果的であろう。筋道を立てないと他人を説得できないから、自然に「論理」が身につく。読書により豊富な語彙を得たり適切な表現を学ぶことも、説得力を高めるうえで必要である。

日本人が口舌《こうぜつ》の徒になる必要はないが、マイクをつきつけられた街頭の若者、スポーツ選手、芸能人、などが実質のあることをほとんど何も言えないのを見るにつけ、国語教育について考えさせられる。

(四) 国語は情緒を培《つちか》う

現実世界の「論理」は、数学と違い頼りないものであることを述べた。出発点となる前提は普遍性のないものだけに、妥当なものを選ばねばならない。この出発点の選択は通常、情緒による。その人間がどのような親に育てられたか、これまでどんな先生や友達に出会ったか、どんな本を読み、どんな恋愛や失恋や片想いを経験し、どんな悲しい別れに出会ってきたか、といった体験を通して培われた情緒により、出発点を瞬時に選んでいる。

また進まざるを得ない灰色の道が、白と黒の間のどのあたりに位置するか、の判断も情緒による。「論理」は十全な情緒があってはじめて有効となる。これの欠けた「論理」は、我々がしばしば目にする、単なる自己正当化に過ぎない。ここでいう情緒とは、喜怒哀楽のような原初的なものではない。それなら動物でも持っている。もう少し高次のものである。それをたっぷり身につけるには、実体験だけでは決定的に足りない。実体験だけでは時空を越えた世界を知ることができない。読書に頼らざるを得ない。まず国語なのである。

高次の情緒とは何か。それは生得的にある情緒ではなく、教育により育くまれ磨かれる情緒と言ってもよい。たとえば自らの悲しみを悲しむのは原初的であるが、他人の悲しみを悲しむ、というのは高次の情緒である。

他人の不幸に対する感受性も高次の情緒の一つである。伝統的に、この情緒を育てるうえでの最大の教師は貧困であった。働いても働いても食べて行けない、幼い子供たちが餓死したり医者にもかかれず死んでいく、という貧困である。有史以来四十年ほど前まで、我が国にはこの貧困が常に存在した。これが失われてからこの情緒は教えにくくなった。日本に貧困を取り戻す、というのは無論筋違いである。幸いにして我が国には、貧困の悲しみや苛酷《かこく》を描いた文学が豊富にある。これら小説、詩歌、作文などを涙とともに味わい、その情緒を胸にしっかりしまいこむことが大切と思う。

高次の情緒には、なつかしさ、という情緒もある。人口の都市集中が進み、故郷をもたない人々が増える中で、この情緒も教えにくくなっている。幸いにして、望郷の歌は万葉の頃から啄木《たくぼく》や茂吉に至るまで、素晴しいものが数多くある。朔太郎《さくたろう》や犀星《さいせい》などの詩まで含めると、この情緒は日本のお家芸とも言える。国語の時間にこれらを暗誦《あんしょう》し、美しいリズムとともに胸にしまいこむことが望ましい。

日本の誇る「もののあわれ」もある。我が国の古典にはこればかりと言ってよいほど溢《あふ》れている。中世文学を研究している英国の友人によると、やはり「もののあわれ」が英国人には難しいと言う。英国にもこの情緒はもちろんあるが、日本人ほど鋭くないので言語化されていないらしい。古典を読ませ、日本人として必須のこの情緒を育くむことは、教育の一大目標と言ってよいほどのものである。

美しいものを愛《め》でそれに感動することも大切である。この情緒は一般に考えられているよりはるかに重要なものと思う。数学者にとってなら、これは最重要と言ってよい。美感や調和感なくしては、いくら論理的思考力が抜群であっても、どちらの方向に論理を進めてよいのかわからない。何を研究すべきかがわからないし、どの道筋を辿《たど》るべきかもわからない。数学研究とは、高い山の頂にある美しい花を取りに行くようなものだから、その美しさに感動しなければ、そもそも研究する気にさえなれない。美的感受性の重要性は、私の接した自然科学者のほとんどが、その分野でも同様に大切と言ったから、自然科学全般にあてはまるのだろう。

美しいものへの感動を得るには、自然や芸術に親しむことも大事だが、それだけでは不充分である。美しい詩歌、漢詩、自然を謳歌《おうか》した文学などに触れることで、さらに美への感受性が深まる。「小諸《こもろ》なる古城のほとり雲白く遊子悲しむ……」とか「国破れて山河あり城春にして草木深し……」といった詩の、美しい韻律に酔いしれることが大切である。ここでも朗唱暗誦がよい。美への感受性を深めるに止《とど》まらず、品格を高めるという思いがけない副産物もあろう。

勇気、誠実、正義感、慈愛、忍耐、礼節、惻隠《そくいん》、名誉と恥、卑怯《ひきょう》を憎む心など武士道精神に由来するかたちや情緒も、感動の物語とともに吸収するのがよい。終戦後六十年近くたち、親や教師はもはやこれらを説教により教えることができなくなっているからである。これらは道徳であり、日本人としての行動基準でもあるから、幼年期に徹底しないといけない。いじめなどは、卑怯を教えない限り、止《や》むはずもない。

家族愛、郷土愛、祖国愛、人類愛も、ぜひ育てておかねばならない。これらは人間としての基本であるばかりか、国際人になるためにも不可欠である。どれか一つでも欠けていては、国際社会で一人前と見なされない。地球市民などという人間は世界で通用しない。

私は小学校四年生か五年生の頃、デ・アミーチス作の『クオレ』を読んだ。イタリアの小学校の日常を通して、勇気、友情、惻隠、卑怯、家族愛、祖国愛などを描いた名作である。中に「母を尋ねて三千里」「難破船」など、感動の物語がいくつか挿入《そうにゅう》されている。私はこれを涙を流しながら何度も読み返し、大きく感化された。腕力のあるガルローネ少年が、貧しい行商人の息子がいじめられるのを力ずくで守る、などという所にいたく感激した。弱い者は身を挺《てい》してでも守る、という態度はすぐ実行に移したほどである。

「フィレンツェの少年筆耕《ひっこう》」や「母を尋ねて三千里」では親子の情愛を、「難破船」では自己犠牲の美しさを、「パドバの少年愛国者」では祖国愛を学んだ。この読書で感動とともに胸に吸いこんだものは、五十年近くたった今日に至るも消えず、私の情緒の一部となっている。少年の頃に読んだ本が半世紀を経てなお息づいているのである。

余談だが、三十代の頃、ある雑誌に「幼少時に読んでもっとも影響された本を再読し感想を書け」という原稿を依頼された。『クオレ』を取り出し読み直してみた。さほど感動しなかった。私はこの時、「小学生の時に読んでおいてよかった」とつくづく思った。

しばらく前のことだが、少年少女世界文学全集といったシリーズの広告に、「早く読まないと大人になっちゃう」という文句が添えてありほとほと感心したことがある。

読むべき本を読むべき時に読む、というのが重要で、この時を逸し大人になってからではもう遅い。情緒を養ううえで、小中学生の頃までの読書がいかに大切かということである。

これら情緒の役割は、頼りない論理を補完したり、学問をするうえで重要というばかりでない。これにより人間としてのスケールが大きくなる。

地球上の人間のほとんどは、利害得失ばかりを考えている。これは生存をかけた生物としての本能でもあり、仕方ないことである。人間としてのスケールは、この本能からどれほど離れられるかでほぼ決まる。脳の九割を利害得失で占められるのは止むを得ないとして、残りの一割の内容でスケールが決まる。ここまで利害得失では救われない。

ここを美しい情緒で埋めるのである。日本の官僚は省庁の利益ばかりを考える、と言われている。これをもっとも考慮した人がもっとも出世するからである。利害得失である。もし官僚の脳の一割に、もののあわれが濃厚にあれば、その判断は時に利害を離れることもありうる。

たとえば日本の農業を考える時、経済的には外国から安い農産物を自由に輸入することが最善としても、すぐにそう決断しないかも知れない。農業の疲弊は田園の疲弊であり、美しい自然の喪失である。もののあわれは、四季の変化にめぐまれた日本の繊細で美しい自然により育《はぐ》くまれるから、この情緒も衰退するだろう。世界に誇るこの情緒は日本文化の淵源《えんげん》であり、経済上の理由で大きく傷つけてよいものだろうか、と反問するに違いない。こう考えることができるだけで、経済一直線の人に比べスケールの差は歴然である。時には美しい情緒を優先した判断を下すこともあるだろう。

これら情緒は我が国の有する普遍的価値でもある。普遍的価値を創出した国だけが、世界から尊敬される。経済的繁栄をいくら達成したところで、羨望《せんぼう》や嫉妬《しっと》の対象とはなっても尊敬されることはありえない。

英国は二十世紀を通じて経済的に斜陽だった。最近少しばかり好調になったがそれでも個人当りGDP（国内総生産）は日本のそれの六割程度である。にもかかわらず世界は英国の言うことにじっと耳を傾ける。英国は議会制民主主義を産んだ国である。力学のニュートン、電磁気学のマクスウェル、進化論のダーウィン、経済学のケインズを産んだ国である。シェイクスピアとディケンズの国である。このような普遍的価値に対し我々は敬意を払うから、経済的にどんなに斜陽であってもその意見を傾聴する。

ドイツやフランスも同様である。我が国も紫式部や芭蕉といった千世紀に一人の天才を産んできた。華道、茶道、書道、能、狂言、歌舞伎、柔道、剣道、など枚挙にいとまがないほどの普遍的価値を産んできた。普遍的価値とは大発見や大発明に限らない。ごく卑近なもの、ごくローカルなものの中にもある。親孝行も交番もそうだし、リストラのない社会も終身雇用という福祉もそうであった。グローバリズムの跳梁《ちょうりょう》に幻惑され、気軽に捨てたものの中に宝物がいくつもある。

日本人特有の美しい情緒は、これからの世界が必要とする普遍的価値である。産業革命以来、世界は欧米主導のもと、論理、合理、理性をエンジンとして、ただひたすら走り続けてきた。その間、帝国主義や共産主義は亡《ほろ》び、いま資本主義も大きな転機にさしかかっている。

論理、合理、理性が極めて重要なものであることは言うまでもない。ただ、戦争、経済混乱、家族崩壊、拝金主義、核兵器、環境、治安、麻薬、テロ、エイズ、などといった、最近の世界の荒廃を見ると、これらだけで人類がやっていけないことも明らかになってきたと思う。

この苦境を打開するため、日本人一人一人が自然への繊細な感受性、自然への畏怖《いふ》、もののあわれ、なつかしさ、などといった情緒を身につけ、論理や合理の他にも大切なものがある、ということを世界に発信し教えていくことが求められる。これこそが、日本人が今後果たしうる、最大の国際貢献と思う。成否は国語にかかっている。

㈤　祖国とは国語である

これはもともとフランスのシオランという人の言葉らしい。確かに祖国とは血でない。どの民族も混じり合っていて、純粋な血などというものは存在しない。祖国とは国土でもない。ユーラシア大陸の国々は、日本とは異なり、有史以来戦争ばかりしていて、そのたびに占領したりされたりしている。にもかかわらずドイツもフランスもポーランドもなくならない。

祖国とは国語である。ユダヤ民族は二千年以上も流浪《るろう》しながら、ヘブライ語を失わなかったから、二十世紀になって再び建国することができた。私には英米にユダヤ人の友達が多くいるが、ある者は子供の頃、家庭でヘブライ語で育てられ、ある者はイスラエルの大学や大学院へ留学し、ヘブライ語を修得した。ユダヤ人の国語に対する覚悟には圧倒される。

それに比べ、言語を奪われた民族の運命は、琉球《りゅうきゅう》やアイヌを見れば明らかである。祖国とは国語であるのは、国語の中に祖国を祖国たらしめる文化、伝統、情緒などの大部分が包含されているからである。血でも国土でもないとしたら、これ以外に祖国の最終的アイデンティティーとなるものがない。

若い頃、ドーデの『最後の授業』を読んだ。普仏戦争でドイツに占領されたアルザス地方の、小さな村の小学校の話である。占領軍の命令でフランス語による授業が打ち切られることとなり、最後の授業が行なわれた。老先生の教室には、子供たちの他、かつての教え子である村人たちもやって来る。授業の最後に先生は、悲痛な表情で「国は占領されても君たちがフランス語を忘れない限り国は滅びない」と言う。そして黒板に大きく「フランス万歳」と書き、黒板に向かったまま「さあみなさん家に帰りなさい」と言う。この感動的な短篇の中で、ドーデも、祖国とは国語だ、と叫んだのである。(*)

グローバリズム、ボーダーレス社会と、世界の一様化が急速に進んでいる。一様化された世界は、何をするにも便利で、とりわけ経済繁栄には都合よいかも知れないが、実に味気ない。世界中の花がチューリップ一色になるようなものである。住むに値しない世界である。各国、各民族、各地方の人々は、その地に咲いた美しい文化や伝統を守るため、よほどしっかりと自らのアイデンティティーを確立しておかないと、一様化世界の中に埋没してしまう。

国の単位で言えば、アイデンティティーとは祖国であり、祖国愛である。祖国愛は㈣でも登場したが、それは祖国の文化、伝統、自然などをこよなく愛すという意味である。愛国心に近いものだが、愛国心は歴史的経緯もあり、偏狭なナショナリズムをも含む場合があるから、私は祖国愛という語を用いる。

英語では、自国の国益ばかりを追求する主義はナショナリズムといい、ここでいう祖国愛、パトリオティズムと峻別《しゅんべつ》されている。ナショナリズムは邪であり祖国愛は善である。邪とはいえ、政治家がある程度のナショナリズムを持つというのは必要なことと思う。世界中の政治家がそれで凝り固まっている、というのが現実であり、自国の国益は自分でしか守れないからである。

一般国民にとって、ナショナリズムは不必要であり危険でもあるが、祖国愛は絶対不可欠である。わが国語にこの二つの峻別がなかったため、戦後、極めて遺憾なことに諸共《もろとも》捨てられてしまった。悔まれる軽挙であった。現在の政治・経済・外交における困難の大半は、祖国愛の欠如に帰着する、と言ってさして過言でない。

祖国愛は国際人となるための障害と考える向きもあるが、誤解である。国際社会はオーケストラのごときものである。オーケストラに「チェロとビオラとバイオリンを混ぜた音を出す楽器で参加したい」と言っても、拒否されるだけである。オーケストラはそのような音を必要としていない。バイオリンがバイオリンのように鳴って、はじめてオーケストラに融和する。国際社会では、日本人としてのルーツをしっかり備えている日本人が、もっとも輝き、歓迎されるのである。根無し草はだめである。

祖国愛や郷土愛の涵養《かんよう》は戦争抑止のための有力な手立てでもある。自国の文化や伝統を心から愛し、故郷の山、谷、空、雲、光、そよ風、石ころ、土くれに至るまでを思い涙する人は、他国の人々の同じ思いをもよく理解することができる。このような人はどんな侵略にも反対するだろう。

ここ数十年、小中高における国語の授業時間数は漸減《ぜんげん》してきたが、それに呼応するように、祖国愛も低下してきている。祖国の文化、伝統、情緒などは文学にもっともよく表れている。国語を大事にする、ということを教育の中軸に据えなければならないのである。

(六) これからの国語

平成十四年に導入された新カリキュラムでは、小学校国語の総時間数は戦前の三分の一ほどである。これほどまでに減らされた原因は大きく二つあると思う。

一つは国語を情報伝達の道具としてしか考えない人が余りに多いからである。二〇〇二年から、新カリキュラムに英語が入ると聞いた私は「国語は大幅に減らされますが大丈夫ですか」と、英語導入のための委員会に籍をおく教育学者に尋ねた。彼は待ってましたとばかりにこう答えた。「英語以外の科目はすべて日本語で教えますから心配無用です」。

本稿では国語の重要性に関して(二)(三)(四)(五)で述べたが、伝達手段としての側面に関しては(二)の冒頭七行に過ぎない。それだけしか頭にないのなら、確かに国語の時間は最低限でよい。子供を日本語の中に放っておくだけでよい。教育学者の言であるがゆえに大きなショックだった。

二つ目の理由は、教科の平等である。民主主義のはき違いは我が国の随所に見られるが、教育の場でも同様である。国語、算数、理科、社会、図工、音楽、家庭、体育、生活は、みな同等に重要とされる。この平等主義に、各教科を代表する学会などの縄張り争いが加わるから、何が最重要で最優先されるべきかは二の次となる。週五日制が導入される時も、各科の総時間数は公平に減らされた。そこに見識は働かない。

小学校における教科間の重要度は、一に国語、二に国語、三、四がなくて五に算数、あとは十以下なのである。理由はこれまで述べた通りである。中学高校と、国語の重要性は無論低下する。

近年の国語教育を受けてきた大学生の実力はどうか。アメリカで教えていた頃、学生の英語が余りにひどいので、レポートの英語を毎度添削せざるを得なかった。いま、日本人の学生が同様になっている。三無学生と慨嘆する大学人がいる。読めない書けない話せない、の意である。

国語力低下は、㈡で述べた知的活動能力の低下、㈢で述べた論理的思考力の低下、㈣で述べた情緒の低下、㈤で述べた祖国愛の低下、を同時に引き起こしている。大学の教師で、最近の学生におけるこれらの著しい低下を、否定する者はいないだろう。不況が何十年続こうと国は滅びないが、この四つの低下は確実に国を滅ぼす。国語の力の低下が国を滅ぼすのである。改めて祖国とは国語なのである。

小学校における国語時間数の飛躍的拡大がまずなされねばならない。量的拡大だけではまったく不充分である。質の改善も必要である。

私の小中高時代、国語の時間ほど退屈なものはなかった。わかり切った文章を文節に区切ったり、段落に分けたり、「それ」が何を指すか、などという作業が多かった。そのうえ文章を読んで、著者の気持や意図を問われ、教師の見解と異なる場合は批判され、時には笑われ、結局は教師の見解を押しつけられるのだった。このような授業は今も続いており、国語嫌いな生徒を作っているのではないだろうか。「子供を読書に向かわせる」を最大目標にすえた指導法改善が望まれる。

新しい指導要領によると、重心が従来の「読み」「書き」から「話す」「聞く」の方に移っているようだ。驚くべき方向違い、と言えよう。これでは、深い思考力や情緒力のない、口先人間ばかりになってしまう。国語の中心はあくまで「読み」にある。この力をつけ、充分な量の読書さえしていれば、聞いたり話したりは自然にできるようになる。国語教育の中においても、「読む」「書く」「話す」「聞く」は平等ではない。あえて重みをつければ、この順に、二十対五対一対一くらいだろう。寺子屋には「読む」と「書く」しかなかったが当然である。本質を見抜いていたと言える。

読めばよい、というわけでもない。つい先頃、小中学校の教科書から漱石と鷗外が消えたと報道された。高校でもこの二人はほんの一部の教科書にわずかに残るだけである。代わりに現代の若手作家が多く登場する。

明治大正から終戦までの国定教科書の豊饒《ほうじょう》に比べ、よくぞこれだけ痩《や》せ細った、と思わざるを得ない。国定教科書には、少々の勇み足も時折あるが、少くとも感動があった。格調もあった。美しい情緒を育くむのにふさわしい読み物が多くあった。

終戦後、読み物とくに古典が減らされた。さらに一九八〇年にゆとり教育路線がしかれてからは、削減につぐ削減がなされている。落ちこぼれや不登校やいじめの増加した原因が、学習の過重負担にあると誤認されたためである。現在の国語教科書の内容量は、一九八〇年以前のものの半分程度となっている。無論、落ちこぼれや不登校やいじめは減っていない。

古典軽視の底には、終戦後、漢語と同様に、文語を軍国主義の残滓《ざんし》として忌避する傾向が広がったことがある。古いものより新しいものをよしとする、アメリカ文化が蔓延《まんえん》したこともある。一九五二年には公用文における文語が廃止され、新聞もこれに従ったから、文語は年とともに衰退し化石化した。

文語は日本文学の華である。生活語としての口語とは比較にならない雅趣を有する。森鷗外の『即興詩人』も『渋江抽斎』も、内容は平凡なのに、文語の力強さだけで引っ張っていく。前者は典雅きわまりない文体、後者は恐らく明治の頃の普通文だが、ともに並み外れた雄勁《ゆうけい》と吸引力を発している。

文語と口語の違いは、両刀使いだった萩原朔太郎の詩を見れば分りやすい。朔太郎の初期の作品は、私のお気に入りの『純情小曲集』をはじめみな文語である。そこから代表作として二つを引く。

こころ

こころをばなににたとへん
こころはあぢさゐの花
ももいろに咲く日はあれど
うすむらさきの思ひ出ばかりはせんなくて。（略）

桜

桜のしたに人あまたつどひ居ぬ
なにをして遊ぶならむ。
われも桜の木の下に立ちてみたれども

わがこころはつめたくして
花びらの散りておつるにも涙こぼるるのみ。
いとほしや
いま春の日のまひるどき
あながちに悲しきものをみつめたる我にしもあらぬを。

ところが朔太郎はその数年後、スタイルを口語に一変させ、代表詩集となる『月に吠《ほ》える』とか『青猫』を出版する。前者から二つを引く。

竹

光る地面に竹が生え、
青竹が生え、
地下には竹の根が生え、
根がしだいにほそらみ、
根の先より繊毛が生え、

かすかにけぶる繊毛が生え、
かすかにふるえ。（略）

地面の底の病気の顔

地面の底に顔があらはれ、
さみしい病人の顔があらはれ。

地面の底のくらやみに、
うらうら草の茎が萌《も》えそめ、
鼠の巣が萌えそめ、
巣にこんがらがつてゐる、
かずしれぬ髪の毛がふるえ出し、（略）

最後の詩集となる「氷島」では再び文語に戻る。家を出た妻の行方は分らず、二人の女児を連れ、病床に臥《ふ》せる父親のいる故郷へ帰る時のものを引く。

帰郷

わが故郷に帰れる日
汽車は烈風の中を突き行けり。
ひとり車窓に目醒むれば
汽車は闇に吠え叫び
火焔《ほのほ》は平野を明るくせり。
まだ上州の山は見えずや。
夜汽車の仄暗《ほのぐら》き車燈の影に
母なき子供等は眠り泣き
ひそかに皆わが憂愁を探れるなり。
（略）

これらを比べて顕著なのは、文語詩では情緒が素直に吐露されているのに対し、口語詩の方は「凝っている」ということである。同じ詩人のものとは思えないほどである。朔太郎自身、この「氷島」の序で「すべての芸術的意図と芸術的野心を廃棄し、単に『心のまま』に、自然の感動に任せて書いた」と言っている。文語はそれ自体が芸術的高みにあるから、「心のまま」がそのまま芸術になるが、口語はそうでない。「こころ」や「桜」をそのまま口語にしたら歯が浮いてしまう。だからこそ口語詩では、韻を踏むなどの技巧を駆使して音楽性を出したり、哲学性を注入したりすることで、芸術性を高めようとする。現代口語が朗唱になじまない理由の一つとして、塩原経央《つねなか》氏は『「国語」の時代』(ぎょうせい)の中でこう言っている。現代口語では助詞と助動詞が文語ほど豊富に用意されていないため、音声的に単純になっている。例えば、口語では推量の助動詞がウ、ヨウ、ラシイの三つしかないのに比べ、文語では、ム、ムズ、ケム、マシ、ラシ、ベシ、メリなどがある。

いずれにせよ、どんな装飾をも必要としない文語は、破格の韻律感と芸術性を秘めた、朗唱に耐える言語と言える。すっかり消えないうちに、小中高の教科書に速やかに取り入れるべきと思う。

古典が減らされたばかりでなく漢字も減った。一九四六年、GHQの指導により、漢字を全廃し仮名に移るまでの移行措置として、一八五〇字からなる当用漢字が導入された。GHQは、漢字は難しすぎるとかタイプライターにのらない、などの取るに足らぬ理由をつけたが、真の理由はもちろん、「日本が二度と立上がってアメリカに歯向うことのないようにする」という大方針のため、文化の中核を破壊してしまおうとしたのである。その後、一九八一年に常用漢字となったが、漢字数は五パーセントしか増えなかった。このおかげで新聞などは、ら致、破たん、残がい、などと書くようになった。漢字文化圏にある我が国の豊富な言語文化を、自らの手で毀損《きそん》したのである。当用漢字も常用漢字も、読める漢字と書ける漢字を一致させる、という不思議な了解の下で作られている。通常、読める漢字は書ける漢字の数倍はある。それでよい。とりわけ情報機器の発達した今日、書ける漢字より読める漢字を大量に増やすことが必要となっている。漢字制限を根本から考え直す時期にきている。難字もルビさえ打てば問題ないし、一昔前と違い印刷上の困難もない。

日本には至宝ともいえる文学遺産がある。万葉集、徒然草《つれづれぐさ》、方丈記、平家物語、奥の細道から始まって、藤村、朔太郎、犀星、中也に至るまで、文学王国日本は宝物の山である。これだけ豊かなものを小中学校の教科書に導入できない理由は、第一に漢字制限である。小学校では学年別漢字配当表というものがある。目、耳、口は一年生だが鼻は三年生、夕は一年生で朝は二年生などと決められている。上級学年で習うべき漢字は原則として出せないからである。字画が多いほど難しい、という原則により配当されているが、この原則は石井式漢字教育で名高い故石井勲《いさお》氏によりすでに反証されている。幼児にとっては、九より鳥、鳥より鳩が覚えやすい、ということを実証したのである。字画より具体イメージを描けるかどうかが決め手なのである。なのに配当表は未だそのままである。そのうえ、中学校でも常用漢字以外は出せない。このおかげで、少しでも古い名作は教科書に登場しにくくなり、鷗外や漱石は一掃されたのである。元来、子供はわからない言葉に囲まれて生きている。単語の意味がわからなくても、文脈で推測できる。正確で深い意味は後になってわかればよい。教科書も新聞も、ルビをどしどし入れることで本来の豊かな漢字文化を取り戻すべきと思う。

第二に子供に対する阿《おも》ねりがある。子供中心主義は、今日、文部科学省と日教組をはじめ、全教育界を覆《おお》っている熱病である。ゆとり教育の真因でもある。子供への迎合が国語教科書を平易で軽い作品ばかりにしている。これは、日本語の美しい表現やリズム、人々の深い情感、美しい自然への日本人の繊細な感受性、などに触れる機会を子供から奪っている。小学生のうちから古典に触れさせ、多少難解であってもどしどし朗唱暗誦させるのがよい。イギリス人がシェイクスピアを誦するがごとく、日本人も古典を誦さねばならない。誦すべき文学なき国家は惨《みじ》めである。漢詩も含め、先に挙げたような文学作品群は、文化、伝統の中核であり、祖国そのものなのである。それらすべてが、この恐るべき熱病により失われそうになっている。祖国なき日本人が生まれつつある。
私は二十年近く、国語の重要性ばかりを語ってきた。国語こそが日本人の主軸であり、また日本人としてのアイデンティティーを支えるものだからである。その間、声は届かず、こともあろうに英語が小学校で教えられるなど、国語は軽んじられ、削られ、ついには折れかかるに至った。機を同じくして、成るべくしてと言おうか、国家は大苦難に直面することとなった。この苦難の克服には時間のかかること、そしてそのための本格的な第一歩は小学校における国語教育の量的拡大と質的改善しかない、と今また声を大にして言いたい。

(*) 『最後の授業』については、アルザスがもともとドイツ語圏であり、フランスは、そこを占領していただけだから、フランス帝国主義の産んだ愛国心高揚のための書という説が現在支配的となっている。言い過ぎと思う。確かにこの地の人々はかつてドイツ語系のアルザス方言を用いていたが、この短篇の書かれた頃は、「一世紀ないしそれ以上フランスの国家市民としての生活を送っており、意識においてはまったくフランス人となっていた」(林健太郎著『プロイセン・ドイツ史研究』東京大学出版会、244頁)という状況だったからである。ちなみに、この地は、普仏戦争でドイツのものとなったが、第一次大戦以後はフランスのもの、第二次大戦でヒトラーがとったが戦後はフランスのもの、そして現在は住民投票により自主的にフランス領となっている。

英語第二公用語論に

「二十一世紀日本の構想」懇談会が小渕《おぶち》首相に提出した報告書は論議を呼んだが、次の一節ほど物議を醸《かも》したものはなかったろう。

「社会人になるまでに日本人全員が実用英語を使いこなせるようにするという具体的目標を設定し……国、地方自治体などの公的機関の刊行物やホームページなどは和英両語での作成を義務付け……長期的には英語を第二公用語とすることについて国民的論議が必要」

この驚くべき提言はいくつかの誤解に立脚していると思われる。

第一は「英語がうまくなれば経済が発展する」である。懇談会メンバーの頭には、経済発展著しいシンガポールがあるらしい。シンガポールが英語を公用語とし、それが経済発展に何らかの寄与をしたことは確かかも知れぬが、最近のシンガポールに起きた現象という一例から一般論を導出するのは乱暴である。六十は一、二、三、四、

五、六のどれでも割れるから六十までのすべての整数で割り切れる、と主張するようなものである。実際、英語を公用語としながら経済不振をかこつ国はいくらもある。そして何より、世界で最も英語のうまいイギリスは二十世紀を通して経済的に斜陽だったし、最も英語のへたな日本は二十世紀を通して最大の経済成長をなしとげた。英語と経済発展の関係はほとんどないと言ってよいだろう。百歩譲って英語の有用性を認めても、大衆の高い教育水準に支えられた技術革新や質の高い労働者の方が圧倒的に重要である。

第二の誤解は「英語はすべての日本国民に必要」である。某新聞の世論調査によると、国民の八割は「英語がもっとできたら」と思っているが、「いつそう思うか」と尋ねると、多い方から海外旅行時、外人に道を聞かれた時、映画やテレビを見る時と続くそうである。仕事の上で必要という人は全体のたった一八パーセントである。一生に国民一人平均で数十日の海外旅行や、一生にほんの数回だけ外人に道を聞かれる時のために、英語修得という膨大な労力を全国民に強要するわけにはいかない。

インターネットの普及に伴い英語が全国民に必要な道具となるという人も多いが、それは英語がインターネットで君臨しているという現在の情況が永遠に続く、という仮説に立ったものに過ぎない。英語君臨の不当についてはすでにフランスなどでも反発が起きており、早晩改められると見た方がよい。いずれにせよ十年もしないうちに、安価で高性能な翻訳ソフトによりほとんどの情報交換は母国語で用をすませられる時代がくる。

英語に関しては、国民の五割が学習し、二〇パーセントがどうにか使え、五パーセントくらいのエリートが流暢《りゅうちょう》に操れる、英語を学ばない五割は中国語やハングルなどのアジア言語を学ぶか外国語を一切学ばない、くらいでちょうどよいのではないか。使いものになるはずもない英語学習に全国民を追い込むのは、壮大な国家エネルギーの浪費であろう。

第三の誤解は「英語がうまければ国際人になれる」である。国際人の定義はいろいろあるが、ここでは一応、世界の人々に敬意を払われる人間、ということにする。とすれば大切なのは伝達手段より圧倒的に伝達内容である。これは、片言の英語ながら尊敬されている日本人がいくらもいること、英語を最も得意とする英米人の中でも国際人と呼べる人間はほんのわずか、などから明らかであろう。

実は日本人の英語力はさほど低くない。TOEFLにおいてアジア二十一ヵ国中十八位、という結果がよく持ち出されるが、ベストスリーのフィリピン、インド、スリランカはすべて米英の旧植民地であり英語を公用語としている。その上、一位フィリピン、三位スリランカ、五位ネパール、六位インドネシアの合計受験者数が約三百名に比べ、日本は一国で十万を超えている。同列に比較できるデータではない。

実際最近の若者の英語力向上は目覚ましく、外国人と平気で話す者も多い。一昔前の日本人が黙って微笑していたのとは大分違う。もっとも内容の方はむしろ下降しているから、かつては「何か深いものを内に秘めている」とせっかく外国人に思われていたのに、今では深いものなど何もないことがすっかりばれてしまった。内容のない日本人が世界のあちこちで得意の英語でしゃべりまくり軽薄を露呈することは、国益に反するとさえ言えよう。「草の根から世界へ発信」などというと格好よいが、現在の日本では、その価値ある行ないをまっとうするだけの内容を有する者は限られている。英語の上達が内容を生まないことは言うまでもない。

第四の誤解は「授業時間が無限にある」である。現在、日本の中高生は全勉強時間の三分の一ほどを英語にさいている。にもかかわらず世論調査によると、使いこなせると自認する人は一・三パーセントに過ぎない。日本語が英語からあまりに隔たっていること、英語を公用語にせざるを得なかったインドやシンガポールやフィリピンなどとは異なり、国内では日本語だけで何の不自由もないこと、等の理由により日本人にとって英語修得は格別に難しい。日本人全員が実用英語を使いこなせるようにするには、教育方法の改善や多少の授業時間増ではとうてい間に合わない。中高で英語を倍増し、小学校で週五時間を英語に向けても、せいぜい一・三パーセントが一三パーセントになるくらいだろう。

その上、それだけ英語を増強したら、週当たり総時間数はたったの二十数時間だから、他教科は必然的におろそかになる。漢字も九九も駄目という日本人であふれることになろう。母国語はすべての知的活動の基礎であり、これが確立されてないと思考の基盤が得られず、内容の空疎《くうそ》な人間にしかなれない。また数学はすべての科学の言葉であり、これが軽視されると科学技術立国は覚束《おぼつか》ないから、経済発展どころか資源のない我が国は食べていくことさえままならなくなる。

英語教育を強化拡大し英会話能力を育てるため小学校から英語を導入する、などと言うと聞こえはよいが、これは他教科の圧縮を意味し、国民の知的衰退を確実に助長する。愚民化政策と言って過言でない。基本的に英語は、必要にせまられている人やエリートを目指す人々が猛勉して身につければよいものである。

このように四つの誤解に基づいた英語第二公用語論だが、実はこの論の最も救いようのない所は、母国語＝文化伝統＝民族としてのアイデンティティー、という視点の完全な欠如である。言語を伝達の手段としてしか見ていない。

英語が世界を支配すれば、米英からの情報発信だけが世界の人々に直接的に理解され、従って米英の思想や思考法が支配的となる。英米文学ばかりが世界中で読まれるから感性の世界においても米英が支配的となってくる。独、仏、露、中国、日本などからの情報や文学は世界に翻訳を通して間接的にしか届かず、その地位は相対的に大きく低下する。

アングロサクソンの文化が世界を覆《おお》いつくし、他の文化や伝統は衰微の道をたどるだろう。言語支配の行く末は、我が国でアイヌや琉球のたどった運命を考えれば大概は想像がつく。言語とは文化伝統であり民族としてのアイデンティティーなのである。世界の各地に花咲いた美しい文化伝統を守り発展させる、ということは人類最大の大義と言ってよい。この大義のためには、便利や効率の徹底追求から身を引き、世界共通語を作らないという多言語主義をとるしか他ない。不便な世界を受け入れるしか他ないのである。

英語第二公用語論はいくつかの誤解に基づいているばかりか、実現された場合には国民の徹底的な知的衰退をもたらし、日本という国にとどめを刺すものである。文化とか国家というものへの省察を欠き、流行《はや》りのグローバリズムに乗っただけの空論と言ってよい。

このような恥ずべき論が、日本の代表的知性を集めたと見られる懇談会から堂々と出てきた所に、我が国が当面する情況の真の深刻さがあるように思う。

犯罪的な教科書

算数と数学の教科書を見た第一印象は概して「つまらない」である。数式や図に比べ説明文が少ないうえそっけない。どこを開いても、情緒感のないひからびた文章ばかりである。無愛想で不親切でさえある。子供に夢を与えることも、子供をあっと驚かすことも、好奇心をくすぐることも、励ますこともなぐさめることも笑わすこともない。なるほどこれでは数学はつまらないだろう、数学離れも仕方ない、とさえ思えてくる。

ただこれは執筆者だけのせいとは言えない。教科書は小中学生徒に無償配布されているが、国の負担額が低く抑えられているから、ページ数の多いものを作ると教科書会社は持ち出しとなる。ページ数は実質上規制されているのである。

充分なページ数が与えられてないから、執筆者は必要最小限の説明以外はほとんど記述できない。加えて、説明の多い親切な教科書は教師に敬遠される。教師の話すことがなくなってしまうという、気持はわからないでもないがけしからん理由による。

教科書の選択を行なうのは教師だから、教科書会社も説明文の多い親切なものを作ろうとは思わない。

こんな教科書では、子供が家に帰って開く気にならないのも無理はない。懇切丁寧なうえいろいろな脇道《わきみち》へ踏み込んだりする分厚い教科書があってもよい。理解の遅い子は懇切丁寧を喜ぶだろうし、速い子は脇道探検を楽しむだろう。教師側はこのような教科書を歓迎しないだろうが、教科書は生徒のためにある。政府の負担増でも有償化のどちらでもよいから、ページ数規制を除くべきと思う。

教科書のつまらなさの本質は、実は内容の方にある。一九八〇年に「ゆとり教育」という路線が導入されて以来、内容がどんどんつまらなくなってきている。平成十四年度より小中学校で使われる教科書でそれが頂点に達するはずである。算数と数学のつまらなさはいよいよ度を増すことになるだろう。

この年から実施される新学習指導要領と学校週五日制に合わせ、主要教科の学習内容が三割も削減される。この新学習指導要領は、「知識、理解」より「興味、関心、意欲、態度」を重視するという「新しい学力観」にのっとって作られる。

その結果、小学校の算数では、「318×275」「$2\frac{1}{3}+1\frac{1}{2}$」「$\frac{3}{4}\times0.6$」などは難しす

ぎるとして教えないこととなった。これでは日常計算もままならなくなりはしないか。他にも例えば台形の面積は教えなくなる。三角形の面積がわかれば台形の面積もわかる、という所が面白かったのにである。

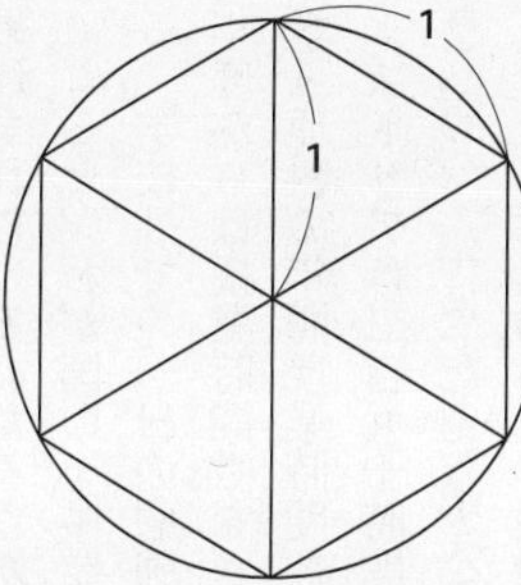

円周率は3として計算してよいことになるが、これはほとんど犯罪的である。図の円の半径を1とする時、円周率を3として計算すると、円周の長さは6となる。ところがその円に内接する正六角形の周の長さも同じく6となる（正六角形は正三角形六個でできているから）。これは嘘《うそ》と言ってよい。円周の方が正六角形の周より「少し」だけ長いのは一目瞭然《りょうぜん》で、その「少し」が３・１４の小数部分に表われていたのに、

と思ってしまう。基礎基本に徹することに気をとられ、全体を互いに切り離された断片の集まりとし、数学の魅力である一般性や意外さ、豊かさ、美しさを根こそぎにしてしまった。内容理解に是非必要な例題や問題も教科書ではかなり減らされよう。

「ゆとり教育」の主眼は、「詰め込み教育」を排すということだが、日本の子供たちは本当に詰め込まれているのだろうか。一九九四年から一九九五年にかけて実施された国際調査によると、わが国の小中学校の算数・数学の授業時間数は、国際平均値を下回っている。学校外での一日の勉強時間も国際平均を大きく下回っている。

平成十四年度からは授業時間数をさらに削減するのだから恐ろしい。例えば中学校三年生の数学・理科の年間授業時間数は百八十五時間となるが、アメリカは二百九十五時間、オーストリアは三百九十時間となっている。無論、先進国中で最低である。「ゆとり教育」が二十年ほど前に導入される直前のわが国では二百八十時間だった。どこをつつくと「日本は詰め込み教育」というレッテルが出てくるのかわからない。

文部（科学）省は増加する落ちこぼれの原因が「詰め込み教育」にあると捉《とら》え、「ゆとり教育」を進めてきた。しかし算数・数学の授業を「よくわかる」「だいたいわかる」生徒の割合は二十年前と比べほとんど変わっていない。従って「ゆとり教育」はまったく落ちこぼれ対策になっていない。内容が減っても授業時間数が減っているのだから当然である。

内容の薄くなった分だけ生徒の基礎学力が低下した。そのうえ創造性教育などと言って基礎力の鍛錬を怠ってきたからなおさらである。創造性は確固たる基礎ができた後の話である。恐るべき学力低下は、「ゆとり教育」を受けてきた学生に接している大学教官が異口同音に言うところであり、各種の統計にもはっきり現れている。

それに内容が薄められつまらなくなったせいか、算数・数学を嫌う生徒の割合も著しく高くなっている。国際的にも最も高い方である。平成十四年度からはさらに内容が薄められるから、数学の好きな子がさらに少なくなるだろう。このままでは早晩、科学技術立国は覚束なくなる。

算数・数学を理解し数感覚や図形感覚を育てるには、退屈な計算練習や演習問題を粘り強く考えたりすることが必要で、それには多少の忍耐が要求される。日本が豊かになり少子化が進むにつれ、子供たちが忍耐を強いられる機会はめっきり減った。これに加えて、「個性尊重」などという美辞麗句につられ、子供を甘やかし忍耐力を育てこなかった。そのつけが数学離れ理科離れの背景にある。またこれは広く学力崩壊、学級崩壊、学校崩壊といったものの背景でもある。

教育再興にはまず「ゆとり教育」を排し、世界で最も勉強しない子供たちを叩《たた》き直すことである。そのためには何より、「個性尊重」などといった空虚なスローガンを廃語とし、家庭と学校が決意を新たに子供たちを厳しく鍛え、十歳くらいまでに充分の忍耐を培《つちか》うことと考える。

まずは我慢力を

先日、英国の古い友人が我が家を訪れた。私がケンブリッジ大学にいた頃、教えていたコレッジの学長をしていた彼は、今は上院議員として国の科学技術政策を担《にな》う立場にある。

夕食前の一刻、教育論に花が咲いた。彼の頭痛の種は、子供たちの理数離れである。彼は私に「原因はいろいろ言われているが、真の原因は何と思うか」と聞いた。私は間髪を入れず「我慢力不足」と答えた。彼は不意打ちをくらったのか、身じろぎもせず黙りこむと、しばらくして生気を取り戻したように大きくうなずいた。

理数離れの原因については、我が国でも「考える力を育てず知識を詰め込み過ぎる」「時間数不足もあり面白味が伝えられていない」「教師の力量不足」「科学に無関心な大人たちの影響」などいろいろ挙げられている。どれも正鵠《せいこく》を射ているように私には思えない。

理数系は、国語や社会のように寝転がっては学べない。机に向かいじっくり取り組むという面倒に耐えねばならない。それに問題はすぐに解けない。数学の問題などは、何時間いや何日も考えないと解けないことがいくらもある。解けないのは不快であり、それに耐えて考え続けなければならない。十秒考えて放り出していてはいつまでたっても実力はつかない。

現代は我慢力を培うのが難しい時代である。我が国には真の貧困が、有史以来四十年ほど前まで存在した。真の貧困とは、いくら働いても食べて行けない、という意味である。そのような社会において、子供たちは、おやつが欲しくても、時には御飯が欲しくても、我慢を強いられる。そのうえ両親は家族を生かせるために必死だから、子供にも相応の仕事が割り当てられる。

私の場合は雨戸の開閉、使い走り、風呂《ふろ》の水くみや風呂焚《た》きなどだった。私が夏ごとに帰省した信州の農家の子供たちは、野良仕事にかりだされたり、田の水の調節や家畜の餌《えさ》をまかされたりしていた。

文明の発達した今日の豊かな社会で、子供たちは欲しいものをふんだんに与えられ、働かされることもめっきり減った。英国でも全く同様と友人は言う。我慢力がつかないはずである。

我慢力不足は読書離れの原因でもある。テレビやマンガなどの映像に比べ、一つずつ活字を追う作業は、我慢力を要するからである。読書離れは理数離れよりさらに重大と言ってよい。理数離れは将来における科学技術力の低下、ひいては経済の退潮を意味するが、読書離れは、国民の知力崩壊を惹起《じゃっき》し、国家の確実な衰退を意味するからである。

豊かな時代だからこそ、親や教師は、我慢力養成のため子供に厳しく当らねばならぬのに、今や子供と友達関係になり果て、甘やかし放題である。教師は指導者でなく子供の学習の支援者ということになっている。文部科学省のある審議会で私が「漢字や九九は厳しく叩きこむべし」と述べたら、ある教育学者に「それでは子供が傷つく恐れがある」と反論された。高校生を対象とした国際調査でも、「親や先生に反抗してもよい」と「教室を授業中に出ていってもよい」を肯定する生徒の割合は、日本がきわ立って高い。

この恐るべき甘やかしが、親や教師の不見識というより、流行《はや》りの教育理論に支えられている所に現代日本の病根がある。この理論の根底にあるのが「個性の尊重」である。これがあるから「宿題は嫌い」「テレビ漬けやゲーム漬け」「勉強も仕事もせずに気ままに生きたい」「野菜は苦手」はみな個性として大目に見られる。「ゆとり教育」も勉強をしたくない子供の個性を尊重するがゆえの産物である。単なる甘やかしと阿《おもね》りが「個性の尊重」という美しい言葉の魔力により、子供への「理解ある態度」と変貌《へんぼう》するのである。

ピアノが上手《うま》い、足が速い、数学ができる、といったよい個性を伸ばすのは当然であり、あらためて言うに及ばない。子供の個性のほとんどは悪い個性であり、それを小学生くらいまでのうちに正すのがしつけであり教育である。この厳しい過程の中で、子供は傷つくことをくり返しながら我慢力を身につける。家庭教育と学校教育は、機を見て個性を踏みにじることから始まる。文部科学省、教育学者、そして誰より国民が、「個性の尊重」などという美辞に酔いしれている限り、この国の将来は覚束《おぼつか》ない。

産学協同の果ては

かつて我が国の経済が絶好調のころ、そのなりふり構わぬ経済活動を見て世界は、エコノミックアニマルと呼び冷笑した。経済を至上のものとする習性はバブルがはじけて十年たっても治っていないようだ。

ＧＤＰ（国内総生産）および一人当たりＧＤＰでアメリカに次ぐ世界第二位を保ちながら、企業経営者だけでなく政官財すべて、そして国民までが「不況不況改革改革」とパニックを起こしている。ここ一世紀近くも斜陽経済が続き、ＧＤＰで日本の半分程度に甘んずるイギリスで、誰一人パニックを起こしていないのと対照的である。

経済復興が自明の国家目標となっている。国家目標となれば、一億火の玉の国だから、すぐに「そのためなら何でもする」ということになる。不況の本質が、政官財学の専門家によってさえ完全に把握されているとは、とても思えないのに、「改革」の旗が狂ったように暗闇《くらやみ》の中を突っ走る。

方向を失っているから、とりあえず経済好調のアメリカを真似《まね》よう、ということでアメリカ化がすさまじい勢いで進行する。アメリカの方も、自らの国益からみてまさに願ったりだから、強力に後押ししたり、時には内政干渉と呼べるほどの強引さで押しつけたりする。かくして市場経済、規制緩和、競争社会など歴史的誤りとなりそうな思想が、充分な吟味を経ないまま跋扈《ばっこ》する。

経済界（エコノミストも含む）の声に政官が賛同した格好で、この嵐がいよいよ経済の域外に足を踏み出し始めた。経済復興のため、社会や文化を変えろ、そしてついに教育をも変えろという所までやって来た。

大学に対して、産業界にすぐ役立つ人材を育成しろ、の声がしきりに出ている。即戦力を求める声は、アメリカ型ビジネススクールの開設ブームを生んでいる。実社会を知り就職後の不適合を防ぐためということで、インターンシップ（学生の企業研修）が推進されている。大学の技術開発力を産業界に、ということで産学協同開発や技術移転の円滑化が急ピッチで進められている。

少子化による学生数減少や恒常的な研究費不足に悩む大学は、一昔前まであった見識をすっかりなくし、金づるとあらば何にでもとびつく体質となっているから、そのような経済界からの提案にすぐに乗る。

ビジネススクールの与えるMBA（経営学修士号）資格者が少なかったから、日本は国際競争に負けたのであろうか。貴重な勉学時間を一ヵ月も割き、一つの企業で研修することが、職業適性を見定めるうえでどれほどの意味があるのだろうか。

産学協同が進み過ぎると、大学の理工農医歯などの大学院が、企業の安価な出先機関となりかねない。そうなった大学にどんな独創的研究を期待できるのだろうか。大学の本領は直接の応用を視野にいれない基礎研究にあり、それこそが国家の科学技術力の基盤なのである。

基礎研究をないがしろにしてなお卓抜な技術力を保持した、という国家は歴史上未《いま》だかつて存在したことがない。大学の弱味と卑《いや》しさに乗じた経済界からの口出しがこのまま続けば、日本のほとんどの大学で実学が幅を利《き》かせ、それ以外の役に立たない学問は徐々に淘汰《とうた》されることになろう。大学は企業の便利屋となり果てる。

「役に立たない」は必ずしも「価値がない」を意味しない、というところに学問は成立している。ニュートン、ダーウィン、ケインズを生んだケンブリッジ大学には、近年に至るまで工学系が存在しなかった。産業界に直接役立つような分野は学問と見なされなかったのである。文化としての学問のやせ細った、品格なき日本を世界はどう見るだろうか。経済の不調よりはるかに大きな国益を損なうことになろう。

経済界の物言いは大学に対してばかりでない。小中学校で起業家精神を育てるための教育をせよ、中高生にコンピューターを用いた株式取引や企業経営を体験させろなどと言う。実際このような声は「教育改革国民会議」の提言にも入れられ、文部科学省も了承している。その結果、二〇〇二年度から小中学校で始まる「総合学習」を利用し、多くの学校でそのような教育が実施される予定である。

英語が下手では国際ビジネスに不利だから、IT革命に乗り遅れては一大事だから、ということで小学校に英語やパソコンを導入しろ、と声高に言い出したのも経済界であった。

世界で英語の一番下手な日本が二十世紀を通して、先進国中もっとも大きな経済成長をなしとげ、英語の一番上手なイギリスがその間もっとも斜陽だったことが忘れられている。世界のIT革命の大きな担《にな》い手となっているインド人技術者のほとんどが、小学校時代にパソコンなど見たことさえなかった、ということが忘れられている。

シリコンバレーで起業家の夢が花開いていることは確かである。しかし、新規事業を株式公開までもって行った成功者のうち、約半数が中国、インド、ロシアからやって来た人々であることは忘れられている。無論小中学校で起業家精神など吹き込まれてはいない。そもそも起業家精神などと、経済人やエコノミスト、そしてそれに惑わされた教育関係者はもち上げるが、ベンチャービジネスが経済全体のごく一部に過ぎぬことも忘れられている。一国の趨勢《すうせい》を決める研究開発や技術革新においては、日米とも大企業の実績が圧倒的なのである。

不況の原因は政官による失政ばかりでなく、経済人にも大きな責任のあることを忘れてはならない。不動産やマネーゲームに狂奔したあげく大量の不良債権を残したのは誰だったか。資本主義の断末魔の妖怪《ようかい》とも言うべきデリバティブ（金融先物商品）に、本質をまったく理解せぬまま手を出し、日本が不況から立ち直れない隠れた要因となるほどの、巨額の損失を今日まで出し続けてきたのは誰だったのか。この責任を反省するどころか、糊塗《こと》し、転嫁《てんか》するかの如《ごと》く、社会や教育改革への発言をエスカレートさせているのは、理解しにくいことである。

経済界の提言を取り入れて、英語、パソコン、株式取引、起業家精神などを小学生に教えていたら、週二十数時間という窮屈の中、国語や算数の基礎力がガタガタとなる。現に二〇〇二年よりこれらは内容三割減となる。

特に国語はすべての知的活動の根幹である。国語は、思考の結果を表現する手段であるばかりか、国語を用いて思考するという側面もあるから、ほとんど思考そのものと言ってよい。これが充分な語彙《ごい》と共に築かれていないと、深い思考が不可能となる。また国語を通して様々な文学作品に親しみ、そこから正義感、勇気、家族愛、郷土愛、祖国愛、他人の不幸に対する敏感さ、美への感動、卑怯《ひきょう》を憎む心、もののあわれ、などの最重要の情緒が身につけられる。日本の文化、伝統を知りアイデンティティーを確立する際にも国語は中心となる。これら人間の中核となるものは、小中学生のうちに全力で基礎を固めておかないと手遅れになる。経済界の言うような瑣末《さまつ》な知識を小学生に与えるのは、まさに愚民化政策と言えよう。

即戦力を大学に要求するのは、これまで自前でしてきたことを、余裕を失ったため大学にさせようというのだろうが、大学は産業にすぐに役立つ人材の製造工場ではない。本来、文化としての学問を研究教育する場である。それが実は長期的にはもっとも国益にかなう。なぜなら、応用を目指さない基礎科学をきちんと身につけた者だけが、真の独創的技術をこれまで生んできたからである。これまでの方向が大きな誤りでないことは、アメリカにおける日本企業の特許所有が、一九九〇年にすでに二〇パーセント、二〇〇〇年は二九パーセントと目覚ましい数字となっていることからも窺《うかが》えるだろう。

また、英語やパソコンが多少ぎこちなくとも、文学、歴史、哲学、芸術そして日本人としての情緒などを身につけた者こそが、世界で活躍するために必須の、大局的判断力を備えることができる。そんな政治家、官僚、ビジネスマンこそが、混迷の日本が今もっとも必要とする人々なのである。

不況にあおられた、国をあげての「改革改革」は、経済に限っても大いに疑問なのに、社会を変え、人間をつくる教育までも変えようとしている。十年続いた不況そのものより、この災禍の方がはるかに大きくなりそうである。

ノーベル賞ダブル受賞

三年連続のノーベル賞、しかも二〇〇二年はダブル受賞となった。これら四つはすべて自然科学部門である。文学賞、経済学賞、平和賞はあまりに主観的だから、自然科学部門こそ真のノーベル賞と言ってよい。一九八七年の利根川氏から二〇〇〇年の白川氏まで、この部門で十三年間もわが国の受賞がなかったのを思うと、隔世の感がある。

日本の科学研究レベルが突然上がったわけではない。以前から強力だった。ノーベル賞選考委員会に認知されなかっただけである。他国にならい、遅ればせながら選考委員会へのPR活動を始めたこと、基礎理論が主だった選考対象が応用部門にまで広げられたこと、なども順風となったかもしれない。公平な選考がなされていたら、恐らく物理、化学、医学生理学賞のどの分野も、二倍以上の受賞者を出していたと思われる。

よく、日本人は模倣はうまいが独創性に欠けるという外国からの声が聞こえる。人種偏見あるいは経済力に対する嫉妬《しっと》に過ぎないが、時折これに乗って、同様のことを言う日本人学者がいるのは不思議なことである。

ノーベル賞は自然科学のうち物理、化学、医学・生理学だけを対象としているが、もし数学が対象となっていたら、ここだけで二十人は受賞していたはずである。この分野におけるこれまでの日本人の貢献はすばらしい。日本人の独創性は世界でもトップクラスと思わざるを得ない。

ただ、反省すべき点も多々ある。ノーベル賞選考委員会は世界の一流学者に推薦を依頼しているが、返答率のもっとも低いのが日本と聞いたことがある。日本人にありがちなやっかみに違いない。同じ分野の二人の研究者が同程度に世界的な場合、恐らくどちらももう一方を推薦しないのではないか。日本からの二票が失われることになる。

また、日本の学界がいまだに学閥、権威主義、外国崇拝にとらわれ、公正な評価がなされているとは言えないのも問題である。化学賞に輝いた白川氏や田中氏の名を、受賞時に知っている人は、少なくとも私の周辺の化学者には一人もいなかった。ともに東大京大卒でなく、研究分野における主流にも乗っていなかったからである。どちらも外国で認められ、恐らく外国人により推薦されたのであった。

二〇〇四年に、公務員削減ということで国立大学が法人化される予定となっている。これはかなりの危険をはらんでいる。基礎科学はすぐに役立たない金食い虫だから、潤沢《じゅんたく》な国家予算の裏付けなしに成り立たない。物理学賞の小柴氏が成功させた巨大実験を、果たして法人にできるだろうか。底辺が小さくなれば必然的に頂点も低くなる。科学とともに立ち行かなくなるだろう。少なくとも主要大学以外での実験科学は時と技術立国を危うくしそうである。

実は何より重大な懸念《けねん》は、独創日本を支えてきた土壌そのものが危殆《きたい》に瀕《ひん》していることである。土壌とは国民一般の「確固たる基礎学力」「美的感受性」そして「精神性を尊ぶ心」である。これが横溢《おういつ》する中ではじめて独創が生まれ天才が生まれる。「美的感受性」を育《はぐ》くんできた美しい田園は、いま市場経済の跋扈《ばっこ》により荒廃しつつある。基礎学力の低下も著しい。読み書き算数を叩《たた》きこむべき小学校では、ゆとり教育という名のたるみ教育がなされ、英語やパソコンなど不要不急のものが教えられている。

金銭より学問、文化、芸術などといった精神性を尊ぶ心も危うい。民心は拝金に傾き、大学では効率とか産学協同ばかりが声高に唱えられ、役に立たないことを尊ぶ伝統が、急速に衰えつつある。

ノーベル賞は過去の遺産だから、なおしばらく二年か三年に一度くらいの受賞は続くだろうが、二十年後が心配である。真理の発見とは普遍的価値の創出であり、人類貢献の最たるものである。それは国家の品格でもある。不況が一世紀続いても何のことはないが、国家としての品格を失ってはそれまでである。

情報機関の創設を

外出する際に鍵《かぎ》をかけるのは、他人を完全には信用しないからである。他人不信は醜い感情と思うが、現実を前にすると仕方ない。国が軍隊を持つのは、他国を完全には信用しないからである。軍隊とは、人間を効果的に殺戮《さつりく》する組織に他ならず、身の毛もよだつ存在と言えるが、冷厳な現実を前にすると仕方ない。

他人の財産を狙《ねら》い、他国の富や領土を狙う、浅ましい人間ばかりの世界には愛想がつきるが、人間とはこの程度の生物と諦めて対策をとる以外にない。

日本の情報が危うくなっている。エシュロンをはじめ、各国が日本の秘密情報を自由に手に入れている。古典的なスパイを用いる場合もあるが、情報化の進んだ今日ではむしろ、電話、ファックス、電子メールから衛星通信、海底ケーブルにいたるまでの盗聴と暗号解読が主である。衛星通信や地上通信には軍事衛星、携帯電話には傍受アンテナ、海底ケーブルには潜水艦、などを用いたりして傍受する。

外交や軍事の情報ばかりではない。冷戦後の現在では企業や民間の情報が、経済競争の決め手として最重要となっている。例えば、企業における資金の流れ、業績、戦略はすべてコンピューターに入力されている。そこに侵入するか、支店などとのやりとりを傍受し、これら情報を公表前に知ることができたら、株や債券の売買で圧倒的に有利である。

政府や調査機関の経済統計をいち早く知ることができれば、為替投機でボロ儲《もう》けできる。場合によっては、自国の国益に反する外国政府に対して、通貨を売り浴びせ、暴落させ、経済混乱を引き起こすことで政権交代に追い込むことさえ可能になる。スキャンダル情報を手に入れれば、自国のためにならない外国の政治家、官僚、言論人や企業を追い落とすこともできよう。これらは可能性ではない。現実である。我が国も何度となく仕掛けられている。軍事力によらない戦争はすでに始まっている。

我が国は情報に無頓着《むとんちゃく》である。一九四二年のミッドウェー海戦の大敗も、翌年の山本長官機撃墜も、海軍暗号が解読されたためであった。それでも日本海軍は解読の可能性を信じようとしなかった。実は日米開戦の年の五月には「日本の外交暗号が解読されているのでは」と状況証拠をつかんだドイツから警告されていた。にもかかわらず改めず大戦中も同じ暗号を用い、ヒトラーなどナチス首脳から得た最高機密情報を、ベルリンの大島大使は東京に送り続けた。このためドイツの敗戦は二年早まったとさえ言われる。アメリカが大戦中の暗号解読文を公開したのは五十年以上たった一九九七年である。解読は秘中の秘だけに恐ろしい。

二十一世紀の世界は軍事よりも情報による戦争が主となりそうである。この戦争では政治的、軍事的な同盟は意味をなさず、世界すべてが敵国となる。しかもこの帰趨《きすう》が国の興亡を決める。それを予見したアメリカでは、すでにNSA（国家安全保障局）やCIA（中央情報局）などの情報機関で、計二十万人以上が数兆円の予算の下で活動しているといわれる。

イギリスでもGCHQ（政府通信本部）だけで一万数千人が暗号をはじめとした情報活動に携わっている。どの主要国にも同様の機関がある。それに比べ、我が国には省庁の壁を超えた中核機関がないため、国益を大きく損ねている。いつまでたっても不況を克服できない理由の一つは、情報戦で著しい後れをとっているためとさえ私には思われる。

情報機関の速やかな創設が求められる。ここでは豊富な人員と予算、そして厳しい機密管理のもと、各国の情報を集め、分析し、我が国の情報を守るための、研究を含むあらゆる活動を行なう。

傍受盗聴を防ぐのは技術的に極めて難しい。外交、防衛、経済などの重要情報を守るには手軽に使え強度の高い暗号が必要である。また暗号は、電子マネーや電子商取引に欠かせない。見えない相手との取引では人や金や情報の真偽を確認する必要があるからである。この機関は安全度の高い暗号方式を作成し官民に提供すべきと思う。

現代暗号は数学である。幸いにして日本は、江戸時代より独創的数学者を輩出している。暗号に関わる数論や代数幾何は日本のお家芸でもある。情報機関ができれば、今でも低くないレベルの暗号研究はまたたく間に世界のトップ水準に達するだろう。

自国の情報に鍵をかけ他国の情報の鍵を開ける、という非紳士的なことはしたくない、と日本人は思いがちだが、紳士の国イギリスこそ、スパイや傍受や暗号解読のチャンピオンである。彼等は、「愚者は武力に頼り、賢者は情報に頼る」と信じている。どの国も国益しか考えない、という浅ましい世界にあって、日本だけが孤高を保つのは至難の業と思う。

アメリカ帰りが多すぎる

明治の頃から、我が国の指導者層には留学経験者が多い。若い頃に海外で見聞を広めることはよいことである。しかし、どこに留学したかが本人のその後の哲学や行動に決定的影響を及ぼすことには、本人も周囲の人も割合と無頓着である。

個人のレベルなら、その人の個性に何らかの色をつけるだけでさしたる問題はない。しかし指導者層の大多数が同一国へ留学したり駐在したり、となると話は別である。

戦前、陸軍においてドイツ留学はエリートコースと考えられていた。宇垣一成《かずしげ》、永田鉄山、石原莞爾《かんじ》、東条英機、山下奉文《ともゆき》など、有力者の多くがドイツ帰りであった。一方の海軍では、軍令部総長や連合艦隊司令長官などを見ると、永野修身と山本五十六はアメリカ、米内《よない》光政はロシアとドイツ、嶋田繁太郎はイタリア、豊田副武《そえむ》はイギリスなどと分散している。

満州事変の頃から、戦線を次々に拡大していった陸軍と、リベラルな考えをもち他の選択肢がなくなる段階まで日米開戦に慎重だった海軍との差は、こんな所にもあったに違いない。大戦中の首相、東条英機、小磯国昭、鈴木貫太郎もすべてドイツ帰りであった。一国に偏《かたよ》ることの危うさである。

　私は二十代末から三年間、アメリカの大学で研究教育に携わっていた。帰国してしばらく、日本の何もかもが腹立たしかった。すべてが論理と合理で小気味よく処理されるアメリカに比べ、長幼、面子《メンツ》、慣習などにしばられ、論理や合理は二の次の日本が、いかにも旧態依然と映った。

　私はアメリカ式の発想と行動を躊躇《ちゅうちょ》なく実行し、教授会などでは長幼や面子を一顧だにせず、自説を強く主張し他説を論難し、大胆な改革により旧習を打破しようとした。当然ながらひんしゅくを買った。若気の至りであった。

　帰国後十年余りして、こんどはイギリスのケンブリッジ大学で一年間、研究教育に従事した。ここでは、激しく論陣を張るなどというのは、アメリカ的として軽蔑《けいべつ》された。日本に似て、婉曲《えんきょく》やユーモアを表現に交えたり、相手の気持ちを忖度《そんたく》したりすることが、紳士の態度とされていた。改善になるか改悪になるかよくわからない改革に憂《う》き身をやつすより、しきたりや伝統に身をまかせながら穏やかな心でいたい、というのが当地の人々の気持ちだった。

アメリカと正反対だった。かくも保守的な人々からなるケンブリッジ大学が、戦後だけで四十以上のノーベル賞を輩出しているのは興味深い。私はイギリスを経験してはじめてアメリカの呪縛《じゅばく》から解かれた。

現代日本の各界リーダーの大半はアメリカ帰りである。アメリカは多くの点で魅力ある国である。例えば、能力が他のどの国より公正に評価されている。一般的に能力の高い、長期滞在の外国人にとって、アメリカはどこよりも住みやすい国と言える。しかし彼等には、国民の大半を占める能力の高くない人々が、実力主義や競争社会の中でどれほどの苦悩や欲求不満にあえいでいるかは見えにくい。

論理の裏に、日本に比べ人口当たり二十倍の弁護士や恐るべき訴訟社会のあること、合理の裏に、果てしないリストラや日本の数十倍の精神カウンセラーがいること、などは見えにくい。実力主義の裏の、上位一パーセントが国富の半分近くを所有する、という極端な弱肉強食も見落としがちである。九〇年代の経済絶好調の中でも、貧困層が増加していたことは、彼の国の特殊事情と片付けがちである。

美醜は常に表裏だが、一定期間後に帰国する者にとって、裏の部分はいわばどうでもよいことである。自国がアメリカに学ぶ際は、表をとり裏には何か対策を講ずればよいと安易に考える。アメリカは堂々たる論理的整合性を備えたシステムであり、他国が都合のよい部分だけをとり入れてもうまく機能しない。

最近の経済や教育における改革がどれもうまくいかないのは、アメリカ帰りが多くなり過ぎたことにも一因があるのではないか。市場経済、規制緩和、小さな政府、実力主義、リストラ、新会計基準などは、ことごとくアメリカのものである。ゆとり教育や子供中心主義などもそうである。

ヨーロッパやアジアの歴史ある国々が著しく特殊な大国アメリカの方式をとれば、国策を誤りやすいばかりか、固有の伝統、文化、情緒、美風など国の魂とでも言うべきものを深く傷つけてしまう。

我が国も改革の名の下、信頼の象徴でもあった金融機関はズタズタにされ、「読み書きそろばん」に支えられた世界に誇るべき教育レベルの高さも失われた。特定の国の価値観に染まることは、いつの時代でも国を危うくする。

大局観と教養

先日のある審議会で、局所的判断や短期的視野を得るには論理や合理や理性だけで間に合うかも知れないが、正しい大局観や長期的視野を得るにはそうはいかない、一見役に立ちそうもない文学、芸術、歴史などの教養、そして誠実、慈愛、勇気、正義感、卑怯《ひきょう》を憎む心、美的感受性、もののあわれ、家族愛、郷土愛、祖国愛、人類愛といった情緒が必要、と私は述べた。これに異論が出たのは予想外だった。

論理というものは、単純化すると、AならばB、BならばC、CならばDと続き、Zまで行くものである。Aを出発し、論理の鎖を通り結論のZに達することになる。Aは出発点だから当然、論理的帰結ではなく仮説である。論理は必ず仮説から出発することになる。

この仮説は通常、多くの可能性の中から、その人の価値観、人生観、世界観、人間観といったものにより選ばれる。そしてこれらの基底となるものが、先ほど述べたような教養や情緒、宗教といったものなのである。

例えば日本の食料を考えてみよう。穀物自給率を見ると、昭和三十五年に八二パーセントだったものが平成九年には二八パーセントにまで激減している。ちなみに他の先進国ではその間、フランスが一一六パーセントから一九八パーセント、ドイツが六二パーセントから一一八パーセント、日本と同じ島国のイギリスでさえ五三パーセントから一三〇パーセントといずれも逆に急増させている。

日本の輸入食料で量がもっとも多いのは、順にとうもろこし、小麦、大豆だが、それぞれの九割、五割、八割がアメリカからの輸入である。わが国の農家は輸入品に価格で太刀打ちできない。そのため、作付け延べ面積も大きく減少している。

これら統計を見て、祖国愛など古いと思っている地球市民は、「世界はグローバル化していて、各国個別のアンバランスを気にしていたら、世界貿易は縮小する。市場原理を貫くことこそが世界そして日本の繁栄につながる」とまず思うだろう。

今こそ祖国愛と思う人は「国防と食料だけは、他国との協力態勢は当然としても、自ら確保するのが独立国家だ」という考えが頭に浮かぶだろう。家族愛が何より強い人は「輸入先が一国に偏っているし、大きな国際紛争でも起きたら子供たちは一年もたたぬうちに餓死してしまう」とまず背筋を凍らせるだろう。美的感受性やもののあわれが強烈な人は、近頃めっきり荒れてきた田園を思いだし、背景に作付け面積の低下があったのだ、と慨嘆するだろう。

各自の議論の出発点はこのようにして決まる。そこから出発し、地球市民派は「自給率の低落は、市場の力により日本の構造改革が順調に進んでいることを示している。素晴らしい」と論理的に結論するだろう。祖国愛派や家族愛派は「欧州先進国なみまではいかなくとも、一〇〇パーセントを目ざし具体的計画を早急に練るべき」と結論するだろう。

美的感受性派やもののあわれ派は、「日本の伝統的な文化、芸術、文学などの根底にあるのは類《たぐ》い稀《まれ》な美意識とものあわれであり、これはわが国が世界に誇る情緒だ。この情緒の母胎は四季の変化に恵まれた日本の美しい自然であり、棚田などの芸術的景観だ。これはどんな犠牲を払ってでも守るべきものだ。国民所得が半分になっても食料増産を進め、農業と自然を守るべき」と結論するだろう。

その人の教養とか、それに裏打ちされた情緒の濃淡や型により、大局観や出発点が決まり、そこから結論まで論理で一気に進むということになる。どんな事柄に関しても論理的に正しい議論はゴロゴロある。その中からどれを選ぶか、すなわちどの出発点を選ぶかが決定的で、この選択が教養や情緒でなされるのである。論理は得られた結論の実行可能性や影響を検証する際に、はじめて有用となる。

現在、わが国の政治、経済、社会、教育はどれもうまくいかないでいる。改革につぐ改革がなされているが、一向に功を奏さず国家は危機にある。原因は各界のリーダーたちが正しい大局観を失ったことにあり、その底流には国民一般における教養や情緒力の低下があるのではないか。

この回復は活字文化の復興なくしてありえない。真の教養のほとんどと美しい情緒の大半が、読書などを通じて育つからである。情報社会でもっとも大切なのは、いかに情報を得るかでなく、いかに情報に流されず本質を摑《つか》むかである。大局観を持つことである。活字文化は情報時代にこそ重みを増すのだと思う。

戦略なき国家の悲劇

明治三十八年、日露戦争が終結した。日本の勝利は、白色人種は有色人種に必ず勝つ、というこれまでの神話を消滅させ、植民地体制の下であえぐアジア・アフリカの人々を覚醒《かくせい》させるものでもあった。

この翌年、日本が世界史的勝利の美酒にまだ酔っていた頃、アメリカではセオドア・ルーズベルト大統領の下問により、陸海軍統合会議がオレンジ計画の作成に着手した。日本を敵国とする戦略計画である。

アメリカはペリー来航以来ほぼ一貫して日本と友好関係を保っていたが、米西戦争で新しくフィリピンを得てから、極東の権益に関わるようになった。この権益をめぐり、いつの日か大国ロシアを制した日本との戦争は必至、と信じ戦略構想を立てたのである。

驚くべきことが三つある。日露戦争の翌年という早い時期に始められたこと、洞察通り三十五年後に日米が激突したこと、そしてこの戦争がほぼその時のプラン通りに戦われたことである。この長期戦略があったからこそ、ワシントン、ジュネーブ、ロンドンと三つの軍縮条約で日本の海軍力抑制に全力をつくし、日本外交の命綱であった日英同盟を廃止にもっていく、などという外交政策が可能だったのだろう。

これに対し日本では、「帝国国防方針」と「帝国軍用兵綱領」がやはり日露戦争後に定められたが、あくまで主敵はロシアであり、アメリカが主敵となったのは、昭和十一年の第三次改訂においてであった。この後も陸軍の目は主にロシアに向いていた。長期戦略も大局観も、それを支える情報も不充分であった。戦争ばかりしていたユーラシア大陸の国々と異なり、二千年にわたって外国との戦争をほとんどしなかった例外的平和愛好国家日本の、無邪気と言えるかも知れない。

冷戦が終焉《しゅうえん》を告げた直後の一九九〇年、アメリカのジェームズ・ベーカー国務長官は「冷戦中の戦勝国は日本であった。冷戦後も戦勝国にさせてはならない」と語った。相前後してCIAは、「ジャパン二〇〇〇」という名のプロジェクトを著名な学者たちに委託した。二〇〇〇年までに日本を引きずり下ろす、の意であろう。その通りの結果となった。

ビッグバン、市場原理、グローバリズム、小さな政府、規制緩和、構造改革、リストラ、ペイオフなどが、九〇年代から今日に至るまで矢継ぎ早に登場し日本を席巻《せっけん》した。その間の日米経済逆転を見ると、これらアメリカ発の要請が戦略的なものであることは間違いないだろう。十年以上続く未曾有《みぞう》の不況は、軍事外交での盟友であるアメリカが、冷戦後、経済上では敵となったことに気付かなかった、戦略なき国家の悲劇とも言えよう。

イギリスは戦略にかけて、アメリカの先輩である。イギリスは二十世紀を通して経済的に斜陽だった。少し景気の上向いた現在でさえ、個人当たりGDPは日本のそれの六割程度である。国土、人口、軍事力、経済力のどれをとっても大したことのないイギリスが、国際政治の場でかくも目立つのはその戦略による。その一つは「ヨーロッパとアメリカの間に立ってうまくふるまうことで国益を得る」であるように見える。現状を例にとると、EU（欧州連合）の一員でありながら統合の鍵《かぎ》となる通貨で妥協せず、EUとの間に一定の距離をおき、アメリカのイラク攻撃を、EU主要国の反対を尻目《しりめ》に力強く支持する。アメリカの顔を立て、軍隊まで派遣して、いかにもアメリカ一辺倒のように見える。

ところがイギリスにいる友人たちの言葉を総合すると、今にも攻撃を開始しそうだったアメリカを何ヵ月もおしとどめてきたのはイギリス、と私には思えてしまう。裏で独仏の合意をとりつけている可能性さえある。

間髪を入れずアメリカを支持し、裏でアメリカの性急な行動を抑え、ＥＵとの関係が悪化しないように保つ、などという芸当が、とっさにできるのは、定まった長期戦略を保有している証《あか》しである。いつまでもそれが破綻《はたん》しないのは、適切な戦略を設定する知力と情報のせいであろう。

日本に今、長期戦略があるようには思えない。政治、経済、外交、軍事など、その場その場で周囲の情勢、とりわけ米中の顔色を見ながら判断しているように見える。その場その場の局所的最善が大局的最善とは限らない。小さな国益を重ねた後に、大きな破局が待っていることもある。

長期国家戦略は不可欠である。しかも最高機密でなければならない。オレンジ計画も国民や議会に知らされなかった。日本の平和と繁栄と幸福を守るのは日本しかない、の自覚のもと、我が国の知力と気概を結集した長期国家戦略の策定が急がれる。

パトリオティズム

最近出席した二つの審議会で、愛国心が問題となった。重要性を主張する委員たちと危険性を憂慮する委員たちの間に、深い溝《みぞ》が見られた。一般の意見も二分されるのだろう。祖国を愛すべきかで国論が割れる様は、おそらく世界に類例がなく、外から見れば喜劇であり、内から見れば悲劇である。

英語で愛国心にあたるものに、ナショナリズムとパトリオティズムがあるが、二つはまったく異なる。ナショナリズムとは通常、他国を押しのけてでも自国の国益を追求する姿勢である。私はこれを国益主義と表現する。

パトリオティズムの方は、祖国の文化、伝統、歴史、自然などに誇りをもち、またそれらをこよなく愛する精神である。私はこれを祖国愛と表現する。家族愛、郷土愛の延長にあるものである。

英米人が「彼はナショナリストだ」と言ったら批判である。一方「あなたはパトリオットですか」と英米人に尋ねたら、怪訝《けげん》な顔をされるか、怒鳴られるだろう。「あなたは正直者ですか」と尋ねるようなものだからである。

我が国では明治の頃から、この二つを愛国心という一つの言葉でくってきた。江戸時代まで、祖国を意識することはさほどなかったから、明治の人々もそういうことに大雑把《おおざっぱ》だったのだろう。これが不幸の始まりだった。愛国心の掛け声で列強との利権争奪に加わり、ついには破滅に至るまで狂奔したのだった。

戦後は一転し、愛国心こそ軍国主義の生みの親とあっさり捨てられた。かくしてその一部分である祖国愛も運命を共にしたのである。心棒をなくした国家が半世紀たつとどうなるか、が今日の日本である。言語がいかに決定的かを示す好例でもある。

祖国愛はどの国の国民にとっても絶対不可欠の精神である。正直や誠実などと同じ倫理であり、これなくしてどんな主張も空虚である。これは宗教と無関係である。偉大なるキリスト者であり祖国愛の人でもある内村鑑三は「二つのJ」を愛すと言った。キリスト（JESUS）と日本（JAPAN）である。戦争とも無関係である。日露戦争を支持する圧倒的世論に抗し、断固反対したのもまた内村だった。日露戦争に勝てば、その傲《おご》りがより大きな戦争へ祖国を導く、という理由だった。その通りになった。

一方、国益主義は一般人にとって不必要なばかりか危険でもある。良識ある人の嫌《けん》悪《お》すべきものと言ってよい。ただし外国と折衝する政治家や官僚はこれをもたねばならない。必要悪である。他国のそういった人々がそれに凝り固まっているからである。イラク問題で発言する、イラク、米英、独仏中露などの首脳の腹にあるのは、露骨な国益追求のみである。よくぞ臆面《おくめん》もなくあのような美辞麗句を、と呆《あき》れるほどの厚顔無恥である。このような人々に対処し、平和、安全、繁栄を確保するには、こちらにも国益を貫く強い意思が必要である。

指導層が国益を追うのは当然だが、追い過ぎると、肝心の祖国を傷つける。戦前のように祖国を壊しさえする。国益主義は暴走し、国益を守るに足る祖国そのものを台無しにしやすいから、それを担ぐ指導層は、それが祖国の品格を傷つけぬよう節度をもつ必要がある。国民がそれを冷静に監視すべきことは言うまでもない。

祖国愛という視座を欠いた言説や行為は、どんなものも無意味である。これの薄弱な左翼や右翼は、日本より日中関係や日米関係を大事にする。これの薄弱な政治家やエコノミストや財界人は、軽々しくグローバリズムに乗ったり、市場原理などという歴史的誤りに浮かれたりして、祖国の経済ばかりか、文化、伝統、自然を損なって恥じない。これの薄弱な教師や父母は、地球市民などという、世界のどこでも相手にされない根無し草を作ろうとする。これの薄弱な文部官僚は、小学校の国語や算数を減らし英語やパソコンを導入する。

情報化とともに世界の一様化が進んでいる。ボーダーレス社会と囃《はや》される。各国、各民族、各地方に美しく開花した文化や伝統の花は、確固たる祖国愛や郷土愛なしには風前の灯である。この地球をチューリップ一色にしてはいけない。一面の菜の花も野に咲く一輪のすみれもあって地球は美しい。世界の人々の郷土愛、祖国愛こそが美しい地球を守る。

愛国心という言葉がまったく異質な二つのものを含んでいたことで、この一世紀、我が国はいかに巨大な損失をこうむったことか。戦後はそのおかげで祖国愛まで失った。現在、我が国の直面する困難の大半は、祖国愛の欠如に帰因すると言ってよいだろう。祖国愛と国益主義を峻別《しゅんべつ》し、すべての子供にゆるぎない祖国愛を育《はぐ》くむことは、国家再生の急所と考える。

いじわるにも程がある

お茶の謎《なぞ》

私の父は、つがれた茶の量にうるさかった。母がなみなみとつぐと、「田舎者は茶のつぎ方も知らない」とイヤミを言った。

父はお城のある信州・上諏訪《かみすわ》から四キロの山村出身、母は隣町から十二キロの山村出身、というだけのことで、似たようなものなのだが。

私は骨の髄まで田舎者であることを誇りに思っているから、茶はいつもなみなみとつぐ。表面張力により水面が茶碗《ちゃわん》の上に出るまでつぐ。けちけちせず堂々とつぐ。うまく上に突き出ると「どうだ」という気分である。無論女房はいやな顔をする。

不思議と言おうか当然と言おうか、この水面は十分もすると、茶碗のへりより下がってしまう。この下がる理由が、数年前に我が家で話題となった。私は「膨張していたお茶が冷えて、体積が小さくなるからだ」と言った。女房は「茶碗がお茶の熱で少しずつ膨張するからだ」と言った。

をなくし、空中に漂っていたものだった。

非常識な行ないに憤慨しながらも、日頃から三人の息子たちに発見を奨励し、小さな発見でもほめたたえていた手前、張りとばすわけにはいかない。「何だって。もう一度やってみろ」と私はかろうじて言った。サブはもう一つの風船を手にとると、人さし指を両耳に突っ込んでしかめ面《つら》をしている私にはお構いなく、ギーギーと力強くガラス戸にこすりつけて手を離した。風船はゆるゆると上がっていった。

「すごい大発見だ。偉いぞ。天才だ」と言うと、私はサブの頭を幾度もなでた。発見は非常識から生まれると思った。

「でもこの実験だけは二度としてくれるな」と忘れずに付け加えた。

ダイハッケン

三人の息子たちが小学校や幼稚園にいた頃、我が家には発見ノートというものがあった。子供たちが生活の中で何か新しいことに気付くと、まず私に報告する。私はやや大げさに褒めあげ、ついで「発見」の斬新《ざんしん》さに応じて、「大発見」「中発見」「小発見」と皆に聞こえるような大声で査定し、表彰する。それを発見者がノートに記録するのである。

息子たちはこぞって私の所へ走って来て「パパ、発見したよ」と言う。「言ってみろ」「ガソリンスタンドはたいてい道路の角にあるよ」「なーるほど、それは面白い、ショーハッケーン」という具合である。発見の仕方は三者三様で、じっと辺りを観察する長男、手当たり次第に物をつかんで実験する次男、予測してから実験する三男と分かれていた。

私も時折「発見」をした。そんな時は公平のため、息子たちが等級を判定することになっていた。息子たちと風呂《ふろ》につかっている時のことだった。「パパは今、一つ発見したよ」「ナーニ」「湯船の中のオナラは臭い」

息子たちは「ナーンダそんなの」とあきれたように五秒ほど笑っていたが、突然表情を堅くして唇をしっかり閉ざすと、ウメキ声とともに風呂から飛び出した。「風呂の中では、ガスがアブクの中に閉じこめられ、拡散しないまま鼻元で炸裂《さくれつ》するからだ」とガラス戸越しに大声で科学教育をしたが、聞いてもらえなかった。

この発見の等級は、笑い転げていた女房の絞り出すような「ダイハッケン」で決定した。息子たちの「ショーハッケン」の連呼も、女房の的確な判断の前には空《むな》しかった。

科学は無情

高一になった末っ子のサブが、台所で透明のティーポットを手に、中を一心に見つめている。また何か発見したな、といやな予感を持ちながら新聞を読んでいると、しばらくして食堂に来て、案の定こう言った。

「発見したよ。ポットの湯を水平にぐるぐる回転させると、紅茶の葉っぱは外側に行くけど、回すのをやめると、数秒後には中心に寄り集まってくるよ」

いやな予感と言ったのは、息子たちが何かを発見するたびに、良心と誠意の人である私は、科学的に説明する義務を胸いっぱいに感じてしまうからである。そしてたいてい説明できないからである。

息子たちも小学生の頃は、「パパ、それでも本当に理学博士なの」などと私をからかったが、最近ではまったく期待していないのか何も言わない。ほめてもらいたいから発見の報告だけはする。三人息子が高校生や大学生となった今でも、断固私はほめる。

「初めに葉が外に向かうのは遠心力が働くからだ」と言うと、「問題は、そのあと中心に向かうのがなぜかだよ」とサブは生意気を言う。考える時間をかせぐに限ると、自らポットを手にとり勢いよく回して机に置くと、確かにサブの言う通りになる。何回やっても紅茶の葉は必ず吸い寄せられるように中心に集まる。しつこいほどに集まる。時々気まぐれを起こして、中心に集まらないでくれれば、私も晴れて重圧から解放されるのだが決してそうならない。

例外がないという点で科学は時に冷酷である。父親としての権威を容易に失墜させる、という点で無情でもある。

ネギよ来い

昼食には麵《めん》を食べることが多い。ラーメンとか、あたたかい日本そばが好きである。冬にはなぜか出てくる鼻水を、夏には当然出てくる汗を、すすったりふいたりしながら食べる。

麵に不足がちなのは野菜である。健康への意識が高く、健康になるためなら死んでもよい私にとって、野菜を食べないことは罪悪である。だから丼《どんぶり》に浮かぶ刻みネギを一つ残らず食べる。

これが思うほど容易でない。こちら側にあるネギは、丼に口をあて、すすればよい。問題は向こう岸近くのネギだ。一つ一つをはしでつかまえるのは面倒だ。当然、丼を回転させ、ネギどもをこちら岸に持ってこようとする。それが来ない。丼の回転とともに、素直な麵はこちらに来るが、ネギは食べられたくないのか、元の位置にいるままである。速く回転しても遅く回転しても同じである。

先日もラーメン屋で、にっくきネギめ、と丼を両手で必死に回していたら、店のおばさんが不思議そうに眺めていた。

家に帰ってこの話をしたら、長男のカンが「ラーメンには油が多いから、汁が丼の表面を滑っているんだよ」と言った。女房が「なるほど、さすが理系ね」と高らかにほめ上げた。沈着冷静な私が「念のため、油のないカケそばで今度ためしてみよう」と言った。

とりあえずは一件落着と見えた時、三男サブが口を開いた。「水の入ったコップに氷を浮かべても同じさ、コップを回転しても動かないよ」。実験するとその通りだった。油説は吹っとんだ。

科学の怖さは、どんなにもっともらしい説も反例一つで吹っとぶことである。真理の解明より、とりあえずは健康と、私は毎日、昼食で丼を回し続けている。

右目の落涙

私には、数学の問題を考える時に鼻毛を抜くという癖がある。考え始めて二、三週間はアイデアが続々とわいてきて、鼻毛を抜くヒマなどないが、一ヵ月たってもらちが明かなかったりすると、抜き始める。

だから難問に取りかかると、鼻孔付近の毛はなくなる。鼻毛の量は私にとって、どれほど精力的に数学研究を行なっているかのバロメーターである。

鼻毛を抜く理由はよく分からない。脳に適当な刺激を与えようと無意識に思うのかもしれないし、欲求不満のハケ口かもしれない。理由が分からないどころか、普通は集中していて抜いたことにさえ気づかない。

抜いた毛をどこへ捨てているかも知らない。息子は幼稚園のころ、鼻をほじくっては食べるという悪い癖があったが、私は無類の清潔好きだから食べてはいないと思う。

抜いたことに気づくのは、間違えて三本以上を一緒に抜いた時である。激しい痛みに涙が出るから気づく。涙の出方が不思議である。涙は両目から出ると一般に思われているようだが、右の鼻毛を抜くと右目だけから出る。左の鼻毛なら左目だけである。右半身の動きは左脳が、左半身の動きは右脳がつかさどっているから、多分、右の鼻の痛さが左脳へ行き、左脳が右目に落涙を命ずるのだろう。

私がもっともらしくこう解説したら三男のサブが「じゃあ、右腕を骨折したら右目だけから涙が出るんだね」とイヤラシーことを言った。

近頃は、長時間根をつめて考えるということを怠けているせいか、年齢のせいか、床屋がハサミを鼻の中に入れるようになった。無念である。

ガスもれ感知器

先年、マカオでドッグレースを見た。つまらなかったのは、カジノでもうけた金をここですったこと、面白かったのは、レース直前に多くの出場犬が大便をすることだった。小中学校の頃、徒競走の直前に必ずトイレにかけ込んだことを思い起こした。犬と私には、これから起こる事態を正しく予知し、身軽にするなど適切な対策を立てる能力があるのだろう。

犬の嗅覚《きゅうかく》は人間の一万倍とも言われるが、私も嗅覚については腕に、というか鼻に自信がある。家でガスがもれていたりトーストがこげていたりするのを、最初に感づくのはいつも私である。自分以外の誰かのガスもれを最初に気づき騒ぎ立てるのも常に私である。

わが家のガスもれ感知器であるばかりでない。古くなった食物を食卓に出してよいか迷った時、女房は必ずそれを私の鼻先に突き出し判断を求める。時々、食べてみて、とも言われる。息子たちにそう言うことは絶対にない。

嗅覚ばかりでない。私には地震を他人より早く感ずる特技がある。しばしば揺れ始める前に察知する。夜、床についている時はとりわけ鋭敏である。時には揺れ始める十秒も前にわかる。ボワーッというようなイヤーな感覚がジワーッと耳のあたりに押し寄せてくるのである。超音波か低周波のようなものだろうがよく分からない。

私が「あっ地震が」と思い目を覚ますと、あちらこちらの犬がほえ出したりするから、犬も私と同様の感覚があるのだろう。犬と似た感覚を持っていることを私は長いあいだ誇りにしてきたが、最近息子に「要するにパパって犬なみなんだね」と言われてからは、うれしさも半減した。

数学は宝石箱

数学は美しい、と言うとよく怪訝《けげん》な顔をされる。あんなもののどこが美しいのかと尋ねられることもある。なぜ美しいかを説明するのは数学に限らず難しい。音楽に興味のない人にモーツァルトの美しさを解説するのは大変だし、花より団子の人に、一面の菜の花や野に咲く一輪のすみれ、の感動を伝えるのも難しい。美しさを感ずるには特定の情緒が必要である。だから古い時代への郷愁に欠けるわが女房や息子たちは、戦前の歌や文部省唱歌を退屈としか思わない。私が車の中でそういったもののCDを聞こうとすると皆で抗議する。嘆かわしい。

それに比べ数学の美しさを理解するのは容易である。例えば大きな紙の上に、同じ間隔で平行線を何本も引く。一方、間隔の半分の長さの針を用意して、紙の上からポトンと落とす。落ちた針は平行線のどれかに触れるか、どれにも触れないで平行線の間に横たわるか、のどちらかである。

どれかの平行線に触れる確率は、数学によると、ちょうどπ分の一となる。すなわち三・一四回針を落とすと一回だけ、針は平行線に触れることになる。三百十四万回落とせば約百万回平行線に触れるということである。

これは美しい定理である。円とは何の関係もない所に、円周率πが現れるのが意外であり、また確率がπ分の一と驚嘆すべきほど簡潔に表せるのが美しい。そのうえ、この事実が永遠に揺るぎない、というのも美に花を添えている。この美しさは、野蛮な女房や息子たちにも理解されたから、万人に理解されると思う。数学はこのような珠玉の詰まった宝石箱なのである。

雪でなければ白くない？

「他人の迷惑になることはしてはいけない」というのが、最近の若者にとってほとんど唯一《ゆいいつ》の道徳基準のようだ。家庭で親が、学校で先生が、くり返しそう教えているのだろう。

この標語自体は結構だが、結構でないのは、若者の多くがそれを拡大解釈し、「他人の迷惑にならないことは何をしてもよい」と思っていることである。

これが正しければ、電車内で化粧することも、授業中にガムをかんだり携帯でメールを送ったりするのも許されることになる。援助交際などは両者が納得のうえで秘密に行なっている限り、まったく誰の迷惑にもならないから、文句なしに肯定されることになる。

先の二つは同義ではないのである。論理的に言うと「AならばB」が正しくとも、「AでなければBでない」は必ずしも正しくないということである。

「チューリップは美しい」は正しいが、「チューリップでなければ美しくない」は誤りである。野に咲くすみれや一面の菜の花も美しい。「雪は白い」は正しいが、「雪でなければ白くない」は誤りである。ご飯は白いし不勉強な学生の答案も白い。必ずしも正しくない、と用心して言ったのは正しい場合も時にはあるからである。例えば多角形について、「三角形では内角の和は一八〇度である」は周知の通り正しいが、「三角形でなければ内角の和は一八〇度でない」もまた正しい。正しいか正しくないか判定しがたいものもある。女性に関して、「妻を愛してよい」は当たり前で誰も異論をはさまないが、「妻でない女性を愛してはいけない」については、女房と私の意見は異なる。

エベレストの積雪

暮れに家族でスキーへ行った。皆で昼食のとんこつラーメン大盛りを食べていたらサブが言った。

「エベレストの頂上では一年中零下だから雪は溶けない。ならば積もった雪の厚さだけ頂上は高くなるはずなのに、そうならないのが不思議だ」

三男のサブは、高一にもなるのに相変わらず妙なことを考えては家族を悩ます。確かに毎年数メートルずつ頂上が高くなってもよさそうだ。サブ自身の仮説は「雪が溶けないまま気体に昇華している」というものだった。

大学二年の次男がすかさず言った。「バカだねー、サブは。気温は零下でも雪の下は暖かいんだよ。ほら、カマクラの中は暖かいだろう」。笑いをよんだが共感はよばなかった。

女房が「頂上はすごい風だから、積もった雪は片端から吹きとばされているんじゃない」と意表をついた。

私が「気温は低くても雪の表面は太陽からの放射熱で溶けて蒸発しているんだよ。放射熱に関しては赤道直下もエベレストも同じなんだから」とできるだけ重々しく単なる思いつきを言った。

慎重な大学四年の長男が「昇華や放射熱の可能性もあるし、雪が厚くなると底の方では高圧になるから、発生する熱で雪が溶けている可能性もある」と少々ズル賢いことを言った。いつも通り正解を得ぬまま、五人は再び午後のゲレンデに飛び出た。

科学論議は民主的である。親も子も、先生も生徒もない。正しい意見だけが勝つ。そんな科学のため、歴史上多くの権威が面目を失った。我が家の絶対最高権威である（と思っている）私もしばしば面目を失う。子供たちに幼い頃から発見を奨励したのが裏目に出ている。

この世は数学だらけ

以前、こんな例をあげた。大きな紙の上に等間隔で平行線を何本も引く。一方、間隔の半分の長さの針を用意して、紙の上に放り投げる。落ちた針は平行線のどれかに触れるか、どれにも触れないかのどちらかである。どれかの平行線に触れる確率は、数学によるとπ分の一となる。すなわち三・一四回落とすと一回だけ針は平行線に触れるということになる。何の関係もありそうもない円周率が登場するのも意外だが、π分の一という簡潔さが実に美しい。

読者のF氏からお手紙をいただいた。コップに楊子《ようじ》を五本入れて実際に二千回落としてみると、π分の一との誤差は一パーセント強だった。満足できない彼はコンピューターで試行実験をした。コンピューターは針を放り投げる実験など朝飯前らしい。その結果、π分の一との誤差は一億回で〇・〇二パーセント、そして三千億回ではついに〇・〇〇〇〇六パーセントとなった。疑い深いF氏もさすがに安心したという。

彼はさらに、試行を十倍に増やすたびに誤差が約〇・二八倍に縮まることに気づいた。ただ者ではない。一定の割合でπ分の一に近づくとしたらこれまた美しい。

同僚の確率論専門家に尋ねてみた。理論的に誤差の縮まり方は解明されていて、試行回数を十倍にすると、誤差は$\sqrt{10}$分の一になるという。$\sqrt{10}$分の一は約〇・三二だから、F氏の値はかなり近い。実験に用いた乱数の精度がもっとよければ、試行をk倍にすると誤差は$\sqrt{k}$分の一になるという、すばらしい法則に独力でたどりつくところだった。

針を放り投げるなどというくだらない現象にも美しい数学がつまっていたことになる。実はこの世のどんな現象にも数学がつまっている。しかもなぜか美しい。この不思議を、神を持ち出さずにうまく説明した人はまだいない。

力士の汗かき

相撲取りは汗かきである。汗ばかりふいている。どうしてそうなのか、夕食後の話題となった。「身体《からだ》の各サイズが二倍になれば、体表面積は四倍、体積は八倍になる。体積すなわち体重の割に表面積は増えないから、体内で発生した熱が外に出にくい。だから汗を大量に出す、という説があるけど、どう思う」と私が言った。反例を作るのがうまい三男のサブがこう言った。「相似比を持ち出すなら、大人は子供より汗かきということになってしまう」。なるほどと私が思っていたら、すぐさま女房が「子供の方が汗をよくかくわ。でも年齢差のある人間を比べるのは新陳代謝が違うんだから無意味よ」と言う。

四月から理系の大学院に進む長男が「そもそも一般人と相撲取りの体形は相似じゃないよ。小錦《こにしき》は僕とほぼ同じ身長だけど体重は四倍だ。微積分を使うと、このとき体表面積が二倍にしかならないことがわかる。だから汗が充分に発散されない」と理屈を張る。三男が「主犯はやはり厚い皮下脂肪だよ。いつも厚くて重いオーバーを着ているようなものだから暑いんだよ」と言う。

格闘技ファンの次男が「そうだ。筋肉質のボブ・サップは百七十キロもあるのに相撲取りみたいに汗をかかない。筋肉なら毛細血管が通っているから、温度調節がうまくいくんだよ」と言って皮下脂肪説に傾いた。長男が「体表面積が二倍になっても皮膚の汗腺《かんせん》数が増えないことの方が重要だよ」と自説にこだわった。

次男が負けずに「いや、相撲取りは汗腺数も内臓もどこもかも増大しているはずだ」と言う。女房が「じゃ目も大きくなるの」「そうだ」、私が「朝青龍《あさしょうりゅう》の目は小さいよ」と言うと「盛り上がったほお肉で隠れているだけだ」、女房が「引退してやせたら目ばかりか歯も縮むのね」と言ってニヤリとした。いつも通りの乱戦で決着はつかなかった。

求む 踊り子

大学生の頃からよく旅に出た。新しい土地で新しい光や風に当たり、めずらしい人々のめずらしい言葉を聞くのが何より好きだった。小説や詩歌などに出てくる土地を、気ままに訪れるというのが多かった。

数学の研究をするようになってからは、問題が解けない時に出る旅が新しく加わった。問題が解けない時の数学者はつらい。一週間や二週間なら、四六時中一つの問題に集中してもほとんど苦労はない。次々に湧《わ》き出るアイデアを一つ一つ検証するのは、血湧き肉躍る仕事で、むしろ楽しい。

一ヵ月か二ヵ月しても相変わらずらちがあかないと、少しずつつらくなる。肉体的に消耗してくる。実験や調査といった、身体を動かす作業の一切ないことが、精神に重くのしかかってくる。気が紛れないのである。アイデアが枯渇《こかつ》気味になってくると、ますますつらくなる。

不都合を自分以外のもののせいにするのが得意な私も、こと数学についてはうまくいかない。一人でうんうん考えるだけの学問だから、不充分な研究費や劣悪な実験設備のせいにも、小うるさい女房や流行に毒された息子たちのせいにもできない。かと言って自分の能力や精神力のせいにするのは余りにも惨《みじ》めである。自信を失ったら数学はできない。よい研究ほどうまく行かないのが普通だから、自信を失う機会ばかりが多い。そのたびに自らを責めていては身がもたない。

そこで私は、画期的アイデアがひらめかないのは、自宅という陳腐で閉塞《へいそく》的な空間が、私本来の果てしなく自由な精神の飛翔《ひしょう》を妨げているため、と結論し旅に出ることにしたのである。高村光太郎が「千鳥と遊ぶ智恵子」を作った九十九里で一週間、島崎藤村の「椰子《やし》の実」で有名な伊良湖《いらご》岬で一週間、志賀直哉がよく逗留《とうりゅう》した蒲郡《がまごおり》で一週間、という具合である。

このような旅で大きなひらめきを得たことは結局一度もなかった。きっと行き先を間違えたためだろう。

若い頃からの気ままな旅が、数学の旅や家族との旅と本質的に異なるのは、踊り子との出会い願望である。『伊豆の踊子』の中で主人公の一高生が出会った、さよならも言えずに泣いていた踊り子に、私も出会いたいのである。

無論踊り子でなくともよい。さよならも言えずに泣いていた、が重要なのである。こんな女性なら世界中のどこの誰でもよいのだが、私は若い時分からよほど運に見放されているのか、世界中の女性の眼が曇っているのか、誰もがごく自然に私にさよならを言う。ちなみに女房はいつもさもうれしそうにさよならを言う。

この願望は五十代後半の今でも消えていない。生まれつきの律義で隠し事などは時々しかしない私は、この願望を女房にも明かしている。一人旅に出かける前には、正々堂々と「今度こそは美しい踊り子に出会い恋に陥るから覚悟しておけ」と言う。女房は必ず「健闘を祈るわ」と励ましてくれるが、当方はさしてうれしくない。以前、「あなたの顔と人格で女性にもてるはずがない」と屈託なく言われたのを、しっかり思い出すからである。

自分への褒め言葉は一日に何度も反芻《はんすう》し、けなし言葉は片端からすぐに忘れる、というのが私の特技なのだが、この言葉だけは日常的に証明されていて忘れるひまがない。

生意気な口を叩《たた》く女房には実績がある。数年前に、当時中学一年生の長男と二人で英国を一週間ほど訪れた際、英国紳士にプロポーズされたからである。彼は私たちが英国にいた頃の友人で、ケンブリッジ大学出身の一九五センチという大男である。女性に関する趣味は明らかに悪く顔も私程度だが、人格は私より数等上である。

帰国してから厚いラブレターが何通も舞い込んだ。「三人息子を連れて来てくれるのを待っている。ヨシコへの愛の深さではマサヒコに負けない」などとあった。確かに負けそうだ。女房が断ったから騒ぎは収まったが、以後夫婦喧嘩《げんか》のたびに「遠くで待っていてくれる人がいる」と盤石《ばんじゃく》の自信で言うようになった。

対抗上、私にも踊り子がいよいよ必要なのだが、これだけは思うにまかせない。結婚リングをつけず、旅先では独身を装《よそお》ったりすることもあるが、世は何の関わりもないように流れて行く。踊り子は一高生川端康成だけのものか、と少々弱気になっている。

卑怯《ひきょう》を憎む

父に張りとばされた記憶がない。三人兄妹の中でとりわけいたずらだった私がぶたれなかったのだから、兄と妹もぶたれなかったはずである。子供を一度もぶたない明治生まれの父親、というのはむろん珍しいに違いない。

そんな父が私の記憶の中で、「厳しい父」と「優しい父」の半々となっているのは不思議である。父が自分の価値観を毅然《きぜん》と教えこんだから、「厳しい父」があるのだろう。

父の価値観の中枢《ちゅうすう》にあったのは、武士道精神ではなかったかと思う。諏訪高島藩の武士、といっても最下級の足軽、であった藤原家は、江戸時代、戦争のない時は、従ってほとんど常に、高島城から一里ほど離れた山里で百姓をしていた。戦ったのは幕末の一八六四年、武田耕雲斎ひきいる水戸天狗《てんぐ》党が尊皇攘夷《じょうい》を掲げ中山道を西上した折、下諏訪の和田峠で高島藩が迎えうった時のみである。この戦闘で、父の曾祖父《そうそふ》が天狗党の有力武将の何某《なにがし》を弓で射ったのだが、何某が功を横取りした、とさも口惜《くや》しそうに父が語るのを幾度も耳にした。

明治以降も大概百姓をしていたから、実質的に藤原家は百姓なのだが、勇敢に戦った武士でもあること、およびその気概を子供に伝えたかったのだろう。同じ趣旨で、父の実家にある三畳の「切腹の間」についてもよく話してくれた。武士の名誉に反する行為をした時に切腹するためのものだが、一度も用いられなかったらしい。

九人兄妹の次男だった父は、幼い頃なぜか父の祖父に目をかけられ、松本市の助役をしていた時は松本で、上諏訪で町長をしていた時は上諏訪で、というぐあいに祖父母の下で育てられた。父には百姓をしていた父母よりも、幕末生まれのこの祖父の影響が大きい。

父の価値観の筆頭は「卑怯《ひきょう》を憎む」だった。母が常に私の喧嘩を制止したのに比べ、父は喧嘩を教材として卑怯を教えた。

私が妹をぶんなぐると、母は頭ごなしに私を叱《しか》りつけたが、父はしばらくしてから、「男が女をなぐるのは理由の如何《いかん》を問わず卑怯だ」とか「大きい者が小さい者をなぐるのは卑怯だ」などと諭した。兄と庭先で喧嘩となり、カッとなった私がそばの棒切れをつかんだ時は、「喧嘩で武器を手にするのは文句なしの卑怯だ」と静かに言った。

卑怯とは、生きるに値しない、というほどの重さがあった。学校でのいじめを報告すると、「大勢で一人をやっつけるのはこの上ない卑怯だ」とか「弱い者がいじめられていたら身を挺《てい》してでも助けろ。見て見ぬふりをするのは卑怯だ」と言った。

小学校五年生の時、市会議員の息子でガキ大将のKが、ささいなことで貧しい家庭のひ弱なTを殴った。直ちに私がKにおどりかかって引きずり倒した、と報告した時など、父は相好《そうごう》を崩して喜び、「よし、弱い者を救ったんだな」と私の頭を何度もなでてくれた。

このような事件が起きるたびに、私は父に微に入り細を穿《うが》って報告した。父は、私が啖呵《たんか》を切る場面では唇をきっと固く閉じ、相手に飛びかかるところでは自分が飛びかかるように目をむいた。相手が降参し謝る段になると、さもうれしそうに笑い、「そうか、よくやった」とほめてくれた。

こんな時、母は横から「何を正義の味方づらしているのよ、バカね。暴力を用いたりして相手に怪我《けが》でもさせたらどうするのよ。果物を持って謝りに行くのはもうごめんですからね」などと言った。そして「お父さんもお父さんですよ。そんなことをそそのかして、正彦が暴力少年としてマークされたらどんな内申《ないしん》を書かれるかわかったものじゃないわ」と付け加えた。私は国立大学の附属中学を受験することになっていた。

父は苦虫を嚙《か》みつぶしたような表情で黙るのが常だった。ほんの時折、父が反撃し、母と口論になった。「どんな損をしてでも正義を貫く、というのは立派な行為だよ」「そんなこと言ってるからいつまでたっても課長にもなれないじゃないの」「お前のような山奥のアンネさ（姉ちゃん）には分らないことだ」。

父の郷里は城下町である上諏訪から一里、母の方は隣町から三里である。そのため後者は諏訪地方で低く見られていた。田舎が「ど田舎」を嗤《わら》っていたのである。これが出ると必ず母が激昂《げっこう》した。手許《てもと》にある箸《はし》やら新聞雑誌類を父に投げつける、という所まで行かねばおさまらなかった。

父は卑怯の他に、勇気と忍耐も教えた。父の祖父は、六歳の父に、一里もある夜道を町まで灯油を買いに行かせたという。提灯《ちょうちん》一つで歩く山道は、キツネが出たりしてとても怖かったらしい。当夜の分くらいはあるのに祖父は武士教育としてわざわざ行かせたらしい。

私もよく使い走りを夜にさせられた。深夜に外で物音がしたりすると、「見てこい」ともよく言われた。夜でなくとも手伝いをさせられた。風呂《ふろ》のために井戸水を屋根上のドラムかんに汲《く》み上げるのは小学生の私にとって重労働だった。太陽光で水を温めるのである。水道料金と石炭代を倹約するためであった。どんなに疲れていてもさせられた。

反抗期に入った私が文句を言っても、「命令は命令だ」と取り合わなかった。珍味美味のものが手に入ると、父がまず口にした。「不公平」と子供たちが口をとがらせると、母が「子供なんて物の数に入りません」と必ず父を擁護した。

我が家では親子は、昨今流行の友達関係でなく、完全な上下関係だった。母が様々な日常の出来事に応じ善悪を示したのに対し、父はそれらを統合する価値観を教えた。それは上からの押しつけであった。私はいま押しつけられてよかったと思っている。押しつけられたものを自らの価値観としてとりこむにせよ、反発して新しいものを探すにせよ、あらかじめ何か価値観を与えられない限り、子供は動きようがないからである。

曾祖父から父に受け継がれたものを、私は同じ方法で我が子に伝えようとしている。押しつけに対してしばしば抵抗されるが、私も父のように意に介さない。父親とは、死んでから感謝されるべきもの、と思っている。

一石三鳥ならず

本が増えて困る。十二年前に自宅を建てた時、鋭敏な私は無論この事態を予測して、書棚を一段にして横に並べると延べ五十メートルという、大工も驚くほどの容積の本棚をこしらえた。身辺の随筆だけを書いているうちはこれで間に合ったが、資料を読んで書く仕事もするようになってから手に負えなくなった。瞬《また》く間に作りつけは一杯となり、購入した幾つもの書棚も一杯となった。

たまった本は不要になり次第捨ててしまえばよいのだろうが、不要かどうかの判定が難しい。いつ何時《なんどき》再び、とつい思ってしまう。そのうえ生来の未練がましさか、一度情をかけた女、いや本を捨てるのは忍びない。そこまで非情薄情にはなれない。

私が子供の頃、自室の真上が父の書斎だった。溢《あふ》れる本の重みで私の部屋の天井が垂れ下がっていた。大き目の地震があるたびに、私は本による圧死を避けようと、戦前に作られた頑丈な桜の木の机の下にもぐり込んだものだ。父も武骨のように見えてあれで意外と未練がましかったのかも知れない。父は裏庭に総床面積十坪ほどの二階建て書庫を建てることですべてを解決した。

私も書庫を作ればよいのだが肝心の裏庭がない。無論せまい庭先に建てるほど不粋ではない。新築時に地下室を作り、そこを書庫兼ワインセラーにすればよかったと後悔するがもう遅い。改築には巨費が要る。

書庫がわりにマンションを買うことを思い付いた。そこを書斎に使えば小うるさい女房からも逃げられる。さらに余分の一室があれば、愛人や妾《めかけ》や情婦との優雅な生活も、少なくとも理論的には夢でない、一石三鳥と鋭敏な私は考えた。

愛人を囲うからには魅力的な立地でなければと、まず青山と麻布と広尾を探してみた。建築後五年以内の物件はどれも坪三百万から四百万でとても手の出る範囲でなかった。土地勘のある中央線沿いにしぼることにした。立川まで行っては本は入っても愛人は入ってくれまい。ぎりぎりは三鷹くらいか、と思っている頃に三鷹の新築マンションのチラシが目に入った。モデルルームは一応合格だったが、予算を超えるうえ一切の値引きもないのであきらめた。

都心からもっと離れないとだめか、と落胆していたら二ヵ月ほどたって突然電話があった。誰かが解約したので一割も値引くという。

千載一遇のチャンスと舞い上がった私は、今度は女房を連れてモデルルームを訪れた。大きな買物には豪華なソファに目の眩《くら》む素直な私より、意地悪く観察し冷静冷酷に分析評価する女房の方が頼りになる。女房は「売れ残ったのね」「雰囲気のない地域ね」「あのゴージャスな食器棚は価格に含まれてないわよ」「バスタオルの置き場所もないわ」などとイヤミを連発した後、自宅に溢れる本と粗大ゴミ（私）を思い出したのか、購入に同意した。

入居して三ヵ月たった。うれしさは半分になっている。自宅から三キロ半という事実が重くのしかかっている。この距離では心ときめく愛の巣はとうてい無理、ということを鋭敏な私はついに洞察したのである。今は書斎に所狭しと積まれた本の間で、永遠に失った愛人を未練がましく思っている。

血が騒ぐとき

わが家の食堂に、円筒形のビンに入った御肉《おにく》酒が置いてある。中国では大昔から珍重されている強壮酒である。これは信州の幼なじみのSからもらった。御肉とはミヤマハンノキという木の根に寄生する一年草の名である。

ミヤマハンノキは海抜二千三百メートル以上の高山にしか生息しないうえ、御肉が見つかるのは七月中旬からせいぜい一ヵ月くらいだからすこぶる貴重である。松茸《まつたけ》は赤松の根元にできるが、赤松の根元に常にあるわけではない。実はめったにない。御肉の方も同様である。見つけた人はありかを絶対に口外しない。

食堂に鎮座する御肉をSが見つけたのは、平成十三年、私たち家族と八ヶ岳に登った時である。海抜二千五百メートル近くとなり急勾配《こうばい》と薄い酸素にあえぎ始めた私に、Sは背後から「先にゆっくり登って行って下さい」と言うと、ほぼ絶壁に近い山腹を、木をつたい下降して行った。二十分ほどして私に追いついたSが、得意満面にリュックのふたを開けて見せた長さ二十センチほどの暗色の物体が、この御肉だった。

Sは別の所でも同じことを言い同じ下降をした。私は薬草の王様と言える御肉よりも、スタミナの限りを使う登山の途中で、二度も急斜面の昇降という寄り道をしたSの意志とエネルギーに驚かされた。

Sの父親はスガリ（地蜂）採りの名人だった。信州では八月から十月にかけてスガリの幼虫をしょうゆで煎《い》って食べる。秋の運動会の弁当に、これがないと肩身が狭い。「ヒコちゃオモシレーモノをミテーカ」の声に誘われて私が見たこの名人のやり方は、まず田んぼで蛙《かえる》をつかまえる。その脚を引き抜き皮をはぎ、細い棒の先に刺して野に置く。翌朝行くと、肉食のスガリが肉を食いちぎっては巣に運んでいる。機を見て蛙肉を小さく丸めたものを掌《てのひら》にのせ差し出す。中に細い絹糸をさしこみ、外に出た一方の端に小さくちぎった真綿をからませておく。蛙肉に夢中のスガリは刺すことを忘れ餌《えさ》にとりつく。名人は巧みに真綿をスガリの尻《しり》の方へ移す。尻部は死角だからかみ切られない。

巣に戻るスガリを、名人は真綿を目印に一目散に追いかける。田んぼや小川があれば真一文字に突っ切り、土手は駆け上がる。百メートルも走れば土に掘られた巣がある。スガリが寝つく夕方になって「エンシューをかける」。煙でいぶすのである。仮死状態のスガリを尻目に、大きな楕円球《だえんきゅう》の巣を取り出す。大の男が必死の形相で行なうスガリ追いの迫力にはよく圧倒されたものである。

この村の人々は八月十二日頃のお盆花とりにも労を惜しまない。数キロ先の山にある、祖母指定のある地域へ入ると、なぜか必ず山百合とか桔梗《ききょう》といった価値あるお盆花がある。祖母が子供の頃に見つけた、とっておきの場所なのだろう。ここにたどりつくと、友人たちは山道でどんなに疲れていようと、崖《がけ》をよじ登り谷底まで下り猛然ととりに行く。私は彼等の勢いにほとんど圧倒されながら、後をやっとの思いでついて行く。

ほぼすべてが農家というのどかな山里で平穏な生活を営む人々の、これら爆発は私には不思議である。Sは「時期になると血が騒ぐ」と言う。単調な日常の中に蓄えられたエネルギーが、折々の自然に感応し爆発するのだろう。この地方では七年ごとに御柱《おんばしら》祭という大爆発もある。爆発とは、知的爆発である独創をも含め、心穏やかな単調の反作用かも知れない。

ウォーキング

以前は週末にテニスをしていたが、最近、忙しくなり、あまりできなくなった。今、欠かさずしていることはウォーキング。大学に行くときは四キロ。行かない日はテニスシューズを履いて、約六キロを一時間で歩く。

が、真面目《まじめ》に歩くのは五キロぐらいまで。住宅街を歩いていると、次第に飽きて、途中で古本屋に寄って古本を買ったり、新刊本を買ったり、果物屋や駄菓子屋でいちじくやポンセンを買ったりする。こういう郷愁の果物や駄菓子は、生まれてからケーキやチョコレートばかりを食べてとことん堕落した女房や子供は食べないが、私が食べたいので買って帰る。

薬屋があれば、そこに寄って、よくサプリメントを買う。ビタミンもいいが、亜鉛は男の精力剤。トタン屋根に嚙《か》みつくわけにはいかないから、ぜひとも買わなければならない。血をさらさらにするもの、肌にうるおいを与えるもの、記憶力を飛躍的に増進するもの、みんな必要で、時には両手一杯にサプリメントを買ってしまう。いつの日か愛人とのめくるめく生活を夢見て、用意万端おさおさ怠りない。

つい最近、部屋を整理していて、八年前に買ったハブの骨粉《こっぷん》を見つけた。呑《の》み忘れていたのだ。が、買うだけで、精力絶倫の気分になれるのだから、気にしない。

買い物には、昔、男が狩りをして獲物を持ち帰ったのにも似て、男としての快感がある。生きがいがある。

手ぶらでウォーキングに出た私が、いつも三つも四つも袋をさげて帰るから、女房は怒り、子供たちはあきれる。買うことで充足感に満たされるのか、そのうちのいくつかは、封さえ開けないから、女房はさらに怒り、子供たちはさらにあきれる。

ライアンの娘

デビッド・リーン監督の「ライアンの娘」は、第一次世界大戦中のアイルランドで起きた、対英独立戦争とも言うべきイースター蜂起《ほうき》を主題にした作品である。ロバート・ミッチャム扮《ふん》する小学校長の妻が、敵方である若い英軍将校に恋するという仕立てであるが、アイルランドの貧しい生活、強い愛国心とイギリスへの反感、自然の美しさと厳しさなどがうまくとらえられている。

私はこの作品をビデオで二度見たうえ、アイルランドのダブリンを仕事で訪れた折、二百数十キロ離れたディングル半島までドライブした。大西洋の荒波のくだけ散るこの地は、映画の主舞台である。海岸線に沿った彎曲《わんきょく》の多い細道を運転しながら、村人たちにロケに使われた小学校を尋ねまわった。とうとう前日にそこを訪れたというヤッケ姿の男女一行が教えてくれた。そんなものに興味をもつ日本人のいることが不思議なようだった。

そこから三百メートルほど草原を歩き、海岸に下った所に石造り平屋の小学校はあった。映画でもすでに荒れた感があったが、三十数年を経た今では、強烈な海風に吹かれ続けたのか、すっかり荒れ果て、廃墟《はいきょ》のようになっていた。

私は腰ほどの高さの石塀の上に立ち、英軍将校が夜中にあそこの丘に立ち、ヒロインの人妻が夫とのベッドをこっそり抜け出し、この道をネグリジェのまま駆け上がったなどと映画の場面を思い起こしていた。

と、英軍将校が姿を見せた同じ場所に数人の人々が現れた。先ほどの一行だった。

草原で私が道に迷わなかったかわざわざ確かめにやって来たのである。この親切には驚かされた。十名もの一行なのは兄妹の二家族だからである。兄のほうがロバート・ミッチャムにそっくりだった。そう言ったら、本人は顔を赤らめ奥さんは大喜びした。イギリス人については特に好きでも嫌いでもないと言った。嫌いなのだろうと思った。十分間ほど話して、別れ際《ぎわ》に「グッドバイ、ロバート・ミッチャム」と言ったら、全員が大笑いした。

中原中也詩集

　二十代の末にミシガン大学から研究員として招聘《しょうへい》され渡米した。八月に現地に到着するや猛勉にとりかかった。アメリカ人に日本人のすごさを見せてやろうという気負い、同僚に対する競争心やライバル意識、招聘してくれた教授の期待に成果で応《こた》えたいという自尊心、などが私を研究に駆り立てていた。

　晩秋の頃から天候がめっきり悪化した。太陽の照る日は少なく、外気は冷えきり零下二十度に達することさえあった。年が明けると毎日雪模様となった。体調が崩れ始めた。はじめは風邪か流感くらいに高を括《くく》っていたのだが、いつまでたっても治らなかった。何をするにもだるくて持久力がない。何もしなくてもだるかった。筋肉に力が入らないうえ、たやすく気分が悪くなったりした。

　もちろん研究はできなかった。たまに気を取り直し机に向かっても、考え続けることができなかった。片手で重いあごを支えたまま、十四階にあるアパートの部屋から眼下の駐車場を何時間もぼんやり眺めていたりした。たまに夕陽の見える時には、アパートの北壁に沿って赤く沈む太陽を追いながら、「日本では日の出」と思い望郷の念で胸を一杯にした。

夏秋に頑張りすぎたツケにホームシックが加わっていた。アメリカ人は親切だったし、セミナーでの研究発表以来、同僚たちも自分たちの仲間として私に接するようになっていたのだが、なぜか私の方はそこはかとない疎外《そがい》感や孤独にとらわれ始めていた。ささいなことをきっかけに、心身の状態がすこぶる悪化していった。

アメリカへ発《た》つ時、段ボール二箱の数学書を送った。数学書以外では一冊だけ、スーツケースの底に中原中也の詩集を忍びこませていた。なぐりこみをかける勢いでいた私が、世間から充分に認められないまま放蕩《ほうとう》の末に三十歳で死んだ詩人の著作を、なぜ選んだのかはよくわからない。

彼の詩のいくつかは私の胸にしみこみ記憶にとりついていた。「汚れっちまった悲しみに、今日も小雪の降りかかる」「月夜の晩にボタンが一つ、波打際に落ちていた」「思えば遠く来たもんだ、十二の冬のあの夕べ」など、何かの拍子に口をついて出てきたりした。なぐりこみという強気の裏に、不安が潜んでいたのかも知れない。数学に集中していた夏と秋には、一度もこの本を開かなかった。このままダメになってしまうかも知れない、とさえ考えるようになった二月になって、ベッドの上でこの本を開くようになった。久しぶりに昔のことを思い出したり日本の繊細な情緒に慰められたが、疲れて本を閉じると、遠く故国を離れ、美しい日本の情緒を離れひからびたようになっている自分がことさら意識され、一層滅入ってしまうのだった。

心身に力がよみがえったのは、二ヵ月間の低迷のあと、大学病院の医師の勧めに従い、雪のミシガンを脱出しフロリダへ行ってからだった。南国のめくるめく太陽の浜辺で、長く美しい金髪をひるがえらせたガールフレンドに出会ったとたん、凍《い》てついた心が躍動を取り戻したのだった。

立ち直った私はその後、コロラド大学に移り二年余りを過ごした。完全にアメリカに融《と》けこんでいた。中原中也を一度だけ開いたことがあったが、遠いおとぎの世界にしか思えなかった。

詩集は今も手元にある。古いアルバムと同じように、何年に一度か開いて青春を懐《なつ》かしむ。

いじわるにも程がある

私が山本夏彦さんの目にとまったのは、平成になって間もない頃である。彼の発行する「室内」に書いた自宅新築記を通してだった。夏彦さんは私を昼食に招いてくれた。夏彦さんのコラムをいくつか読んでいた私は、本当のことをズケズケ言う恐いじいさんと思い怖《お》じ気《け》づいたが、年長者への礼儀そして恐いもの見たさから招きに応じた。

当日は、鋭い舌鋒《ぜっぽう》で切り刻まれる覚悟を固め、虎ノ門のカレー屋「赤トンボ」へ向かった。子供の時分、校長室に呼び出された時と同じ気分だった。店に入る時、なぜか羽織袴《はかま》にカイゼルひげの老人が眼光鋭く待ち構えている、と想像し身を固くした。薄暗い店内に客はほとんどいなかった。隅のテーブルに坐《すわ》っていた背広姿の小太りな年輩男性が、すっと立ち上がって「山本です」と言った。夏彦さんだった。笑っていた。やさしく人なつこい目で笑っていた。

開口一番、「あのたった三枚半の原稿に、現代の建築家のタイプが全部出ていました。尋常の筆ではない。それに建てて三年もすれば後悔するのが常なのに、いまだに後悔してないのも尋常でない」と言った。私が二人の建築家を、多額の違約金を払いクビにし、三人目でやっと素晴らしい建築家にめぐり合った顚末《てんまつ》をつづった随筆についてであった。

私が「よい建築家を選ぶことほど難しいことはありません。町を歩けば一級建築士の看板ばかりです。二級や三級の看板もあれば選択がらくなのですが」と言ったら、なぜか店内に響くような大声で笑い続けた。

一笑いしてから「あなたの『若き数学者のアメリカ』と『遥《はる》かなるケンブリッジ』を早速読んでみました。自分の目に狂いのなかったことがわかりましたよ、ハハハ。それにしても藤原正彦とは平凡な名ですな。だからこれまで私の目に止まらなかった。昼食がすんだ時、変えた方がよい。誰も覚えられはしませんから、ハハハ」と言った。

私は夏彦ファンになっていた。

翌年の「室内」に、隔月で十枚の連載を依頼された。待ったなしの締切りが定期的にやってくる連載は、数学研究に差し支えるという理由で大概お断りしていたのだが、夏彦さんに頼まれたとあっては是非もなく、お引受けすることとなった。

毎回、締切り日の二、三日前に、入社後間もないS嬢から「お原稿の方いかがでしょうか」の電話があった。締切り接近警告である。締切り日には必ず彼女が原稿をとりに我が家に現れた。ファックスもあったのにわざわざ取りに来るのは、丁重および締切り延長不可の表現であり、夏彦さんの社員教育と思った。夏彦さん自身、締切りを守らなかったことは一度もなかったという。

S嬢の現れた時に原稿が仕上がっていたことはなかったような気がする。私が二階の書斎で筆を走らせている間、彼女は幼稚園に通っていた三男のサブと階下で遊んでいた。自分を誇示するのが好きなサブが、でんぐり返しやケンケンや曲芸まがいのことを次々に披露してみせるのをS嬢は楽しんでいたようだった。

数時間に及ぶこともあったが「それでは明日また来ます」とは一度も言わなかった。そして出来たての原稿を手渡すと、必ずその場で読み、「とても面白い原稿をありがとうございました」と明るい声で言った。そしてどこがどう面白かったかを説明してくれた。

原稿を書いたばかりの当人は、誰でもその出来に確信がもてないに違いない。S嬢の笑顔と力強い賞讃《しょうさん》で、不安は一気に霧散し、苦労は報いられ、次も頑張ろうと意欲が湧《わ》くのだった。

連載が終った頃、どこかで夏彦さんが、「原稿書きはほめ言葉で生きている。私はわが社の編集者に、原稿をもらったらその日のうちにほめ言葉を伝えるよう教えている」と書いているのを読んだ。我が意を得たり、と思わず膝《ひざ》を打ち、ついで夏彦さんのような方でもほめ言葉が必要なのか、と感慨にふけり、しばらくして沈み込んだ。

それからしばらくした頃、S嬢が言った。「私が先生の原稿を頂きに行った日は、山本は必ず会社で待っていて『今日のサブちゃんはどうだった』と目を細めて根掘り葉掘り尋ねていたんですよ」

私はいじわるじいさんの尻尾《しっぽ》をつかんだと思った。

夏彦さんの著作を心して読むようになったのはその頃からである。そこにいつもあるのはユーモアである。アメリカ式ジョークではなく、イギリス式ユーモアである。とげがあり、皮肉たっぷりで、いじわるじいさん的だが、人間や社会の本質をついており、裏には涙と笑い、慨嘆と怒りが同居している。

夏彦さんは特有の日本語技術を駆使する。「牝鶏晨す《ひんけいあした》」とか「鼓腹撃壌《こふくげきじょう》」といった漢語を時々挿入《そうにゅう》し一般読者を驚かし、「一々教えるの煩《はん》にたえない」などという文章を何気なく書き、物書きやインテリを圧倒する。そのうえ得意のどんでん返しがある。「わが青春が暗かったのは、何も戦争のせいではない。その証拠に、いまだに暗い」(『日常茶飯事』)とか「子守唄を禁じるような育児書は百害あって一利ない。いっさい無用だというと、それなら、すべて旧式でいいのか、とふたたびつめよる。いいのである」(『茶の間の正義』)。かっこよくとも、凡人にはなかなか真似《まね》のできない技術である。

夏彦さんの著作の根元には開き直りがある。十一歳で父親を失ってからの数年で、欲せずして人間の本性を見すぎ、自分の本性を失ったような節がある。だから自ら死んだ人という。

「節がある」と言ったのは、その体験の子細がまったくわからないからである。いくつかの文章から、容易ならぬことが夏彦さんの身にふりかかったと判断するばかりである。

先の「わが青春が暗かった……」もその一つである。他にもいくつかある。

「ある晩、私は泣いてみた。もう何十年も泣かないから、泣き方を忘れてはしまいかと、はじめ私は危ぶんで、ひとり声をしのんで泣いてみた。やがて思い出して、高く低く、次第に真に迫って泣いた」(『毒言独語』)。

「私はもういつ死んでもいいのである。それは覚悟なんてものではない。いっそ自然なのである。その日まで私のすることといえば、死ぬまでのひまつぶしである」(『ダメの人』)。

「私はこれまで喜んで生きてきたわけではない。それは絶望というような大げさなものではない。むしろ静かなものである。……私的なことは書けないから今もにくまれ口をきくこと旧にかわらないが、それは浮世の義理である。生きているかぎり元気なふりをする義理があるのである」(『生きている人と死んだ人』)。

「私は三男である。無口で陰鬱《いんうつ》な少年で、昭和五年数え十六のとき自殺を試みている。東京府立五中の二年生である。なぜ自殺を試みたかは自分でもたしかなことは言えない。言えば我にもあらず飾るだろうから言いたくない。十八のときもう一度試みてしくじった。死神にも見放されたのだろうと以後試みない」(『無想庵物語』)。

「若いときの苦労は買ってもせよと言うが、必ずしもそうでない。ことに幼いときの苦労は生涯癒えない傷を残す」(『良心的』)。

他にも探せるだろう。これだけ言ってなお具体を示さない。いじわるにも程がある、いじわるここに極まれりと思う人もあろうが、彼の美学だから仕方ない。告白というものには必然的に美化がつきまとう。それは嘘《うそ》であり憎むべき偽善である。というのが彼の表向きの理由だが、「つらすぎて書けない」が真の理由と私はにらんでいる。またフランスにおける自殺未遂は「性」にからむもの、ともにらんでいる。「つらすぎる現実は書けない」というのは物書きにとって腑《ふ》に落ちる心境であり、読者にしたって本当は「つらすぎる現実は読みたくない」のである。夏彦さんにとって他の選択肢はなかったに違いない。

少年の日に起因する諦念《ていねん》と開き直りは夏彦さんの持味となっている。これがあるからこそ、「馬鹿《ばか》は百人集まると百倍馬鹿になる」「善良というものは、危険なものだ。殺せといえば殺すものだ」「身辺清潔の人は、何事もしない人である。出来ない人である」「職業には貴賤《きせん》がある」などの憎まれ口をきけるのだろう。こんなことを書ける言論人は、世界広しといえども山本夏彦一人ではなかろうか。

またこの諦念と開き直りがポーズでないからこそ、「言葉は乱用されると、内容を失う。敗戦このかた、平和と民主主義については言われすぎた。おかげで内容を失った」「何用あって月世界へ？――月はながめるものである」などという、歴史に残るような警句が発せられるのだろう。

私が夏彦ファンであるのは、このような敬服すべき才能のためだけではない。『世は〆切《しめきり》』には故人への追悼文がいくつかあるが、それらはどれも淡々と綴《つづ》られている。熱い胸の内を押し殺すように書かれているが、行間に夏彦さんの豊かな情緒がにじみ出ているのは否定しようがない。夏彦さんが涙を必死にこらえながら、精一杯のおとぼけで書いたと思われる作品もある。風流に価値をおく江戸っ子として、それを出すのは野暮と考えているのだろう。

このやせがまんは夏彦さんの著作を読むときの私の愉しみである。悪口やいじわる、辛辣《しんらつ》の中に、露顕《ろけん》しては沽券《こけん》にかかわるはずの温かい思いやりが、垣間《かいま》見《み》えるからである。

稀《まれ》には上手の手から水がこぼれることもある。「いま妻は頼んでこの病院の七階に入院中である。私は夕方事務所の帰りに見舞っている。たまたま病院のまん前は根津権現《ごんげん》のま裏で、何日も夏の祭りが続いている。帰りがけに振返ると日はすでにとっぷり暮れている。七階の窓で豆粒大と化した人影がちぎれるばかり手を振っている。私は二つ並んだ公衆電話のボックスにかけより、その灯かげの下で背のびして同じく手を振って答える」(『冷暖房ナシ』)。

「私は夜誰もいないはずのわが家に、思いきって電話をかけてみることがある。まっくらな茶の間で、それはながくむなしく高鳴っている。……誰も出ないのに安堵《あんど》してのろのろと帰るのである」(『不意のことば』)。

ともに夫人がガンと闘病中の話である。詩のような情景である。想《おも》いが胸に溢《あふ》れ、たまらず「やせがまんの人」が不覚をとったのであろう。

こんな文章を読んで、夏彦ファンにならぬ者がいようか。夏彦さんの透徹した眼は、まさにこの情緒力によるものである。人間や事物の本質に迫っては快刀乱麻を断つ夏彦さんは、実は第一級の情緒の人なのである。それを隠すため、時に偽悪ぶったり、いじわるぶったりするのである。少年時代にすべてを失ったというのは韜晦《とうかい》である。少なくとも少年の多感だけは断じて失っていない。

何度目かにお会いした時、夏彦さんは「あなたは大正四年生まれの私より古い」と言って大笑いした。すぐ後のコラムで私を「時代遅れの日本男児」と評した。皮肉とも賞讃ともとれるが、私は「そのまま行け」という激励ととっている。もう一度あの温顔でからかって欲しかった。そして豆粒大でもよいからいつまでも私の目の先にいて欲しかった。

満州再訪記

満州再訪記

満州（現・中国東北部）は私の生地である。昭和十八（一九四三）年の五月、我が家は満州国の首都新京（現・長春）に移住し、その年の七月に私が生まれた。昭和十八年といえば、二月にガダルカナル島撤退、四月に山本五十六《いそろく》連合艦隊司令長官機の撃墜、五月にアッツ島で太平洋戦争初の玉砕、と日本軍の劣勢がはっきりし始めた年である。実際、我々を下関から釜山へ運んだ関釜連絡船の崑崙丸《こんろんまる》も、その直後に沈められた。

こんな時期に外地へ赴任するのは、今から考えると理解に苦しむが、父には理由があった。三十一歳になっていた父は、当時、中央気象台（現・気象庁）の係長として、高層気象の観測や研究に意欲的に取組んでいた。二十代末には『ラヂオゾンデ』という専門書も著わした。しかしどんなに頑張ろうと、その頃のお役所では、東大出身でない者の出世には限界があった。

無線電信講習所（現・電気通信大）の出身で、負けん気の人一倍強い父が、「東大出が何だ」と言って研究に没頭していたことは、母がくり返し証言している。「満州へ行けば課長になれる」という、中央気象台長をしていた父の伯父藤原咲平の言葉は、新たな可能性を手にするまたとないチャンス、と父に映ったろう。父にとって満州は、戦時下日本の閉塞《へいそく》の彼方《かなた》にある、夢の新天地でもあった。

そのうえ、満州での勤務には、外地手当がかなり支給された。今日でも商社などでは、発展途上国に赴任すると、俗に危険地手当などと呼ばれる手当が支給されるが、それと同じ性質のものである。満鉄（南満州鉄道）では、ひところ新京勤務者に本俸の五割以上の手当が出されていたが、中央気象台でも、母が「急にお金持になったよう」と感じたほどの手当が出ていた。手当はソ満国境に近いほど高くなっていたらしい。物価も東京に比べ安かった。

新京での生活は、南太平洋での死闘を忘れるほどに平穏無事だった。父も望み通り、中央観象台（満州国における中央気象台兼天文台）の高層気象課長となり、張り切っていた。五族（漢、満、朝、蒙、日の五民族）協和とはいえあくまで支配者である日本人は、あらゆる点で優遇され、当時としては恵まれた生活を送っていた。内地の食糧事情悪化をよそに、米はもちろん肉でも魚でも、自由に手に入れることができた。昭和二十（一九四五）年に妹が生まれ、五人家族は、そこはかとない不安を胸に抱きながらも、その日その日の幸せを満喫していた。

終戦の年、昭和二十年の八月九日夜十時半、満州での二年三ヵ月の幸せに突然の終止符が打たれた。観象台の者が我々の官舎の戸をはげしく叩《たた》き、

「藤原さん、藤原さん、すぐ役所へ来て下さい」

と叫んだ。非常召集を伝える使いだった。父は、

「来る時がとうとう来たようだ。すぐにでもここを出られるよう用意を」

と言い残すと、観象台へ急いだ。

一時間余りして帰宅した父が蒼白《そうはく》なまま言った。

「一時半までに新京駅へ集合するのだ」

「えっ、新京駅ですって」

「新京から逃げるのだ」

「どうして」

三人の子供たちが眠っている横で、母が食い下がった。

父は、新京が戦禍に巻きこまれる前に立ち退《の》く、というのが上部からの命令であり、関東軍の家族につづいて政府職員の家族も新京を出発する、と手短かに説明した。

この日の午前零時をもって、ソ連軍が、日ソ中立条約（不可侵条約）を破り、怒濤《どとう》のごとく満州へ侵攻したのである。兵員百七十四万、自走砲を含む戦車五千台余り、飛行機五千機余り、という驚くべき兵力が、東、北、西、の三方向から進撃してきた。

相対する関東軍は、主力部隊を南方にもっていかれ、飛行機は二百機余り、戦車部隊はなきに等しかった。七十万余りの兵員の三分の二は、「根こそぎ動員」により召集された在満日本人で、うち十万人ほどは小銃さえ持っていなかった。

ソ連の侵攻を父は、政府職員として伝えられていたが、母には余計な恐怖を与えぬため知らさなかった。

「汽車の割当てがきまっている。あと三十分で出発しなければ」

「もちろんあなたも一緒でしょう」

「駅まで送って僕は引き返す」

泣き叫んで抗議する母の肩に手をかけ、父は、

「さあ早く、子供たちを」

と言った。父はしばらく当地にとどまり仕事の後始末をつける積りだった。戦時下にあって、気象データは軍事と深い関わりがあるから、ソ連がやって来る前に焼却すべき資料などがたくさんあったのだろう。いずれにせよ、課長として、部下をおいて家族と逃げることなど、母がどう哀願しようと、父にできるはずはなかった。

ほんの身の回りのもの、子供たちの冬着くらいで荷物はいっぱいになった。五歳の兄は歩き、母は二歳になったばかりの私を背負い、父はリュックサックの上に生後一ヵ月の妹をくりつけ、両手に大きな風呂敷《ふろしき》をさげ新京駅へ急いだ。

駅は持てるだけの荷物を抱えた避難民でごった返していた。出発が遅れ翌朝となった。ここで夜を明かすことになった。幼い子供三人を連れ、どこへ行くかもわからない汽車を待つのである。心細くなった母が、

「ねえ、帰りましょう、どうせ死ぬなら家で死にたいわ」

と父に言う。父は無言である。

私たち四人は、駅構内の土の上に、駅の用意したむしろを敷き、次々に押し寄せる人々に踏まれそうになりながら仮眠した。母は何度も、

「たった三時間前の幸せに戻りたい」

と思ったという。

父はその間に、五キロほどもある観象台まで戻り、台長と引揚げなどについての細かい打合わせをした。駅へ帰る途中、官舎に寄り、荷物をさらに風呂敷に詰めこむと、ついでに庭で、母の育てたトマトをもいで、持てるだけ持って来た。

私たちはそれを食べてから、午前八時に無蓋《むがい》貨車に乗りこんだ。父が、

「正彦ちゃん、お父さんの顔をよく覚えているんだよ、ね、お母さんの言うことをよく聞くんだよ。ね、よく聞くんだよ」

と言った。母と五歳の兄はともかく、私と妹とはこれが最後かも知れない、と父は思っていた。

最後に、

「子供たちを頼むよ」

と母に言うと、くるりと背を向けて、貨車から飛び降りようと身をかがめた。と、また戻って来て、腰のタオルを引き抜くと私の顔に頬かむりをした。

汽車は行先も告げず、ゆっくりと南へ向かって走り出した。母子四人の、一年余りにわたる苦難の引揚げが、この時始まったのである。この引揚げの経緯は、母藤原て

いの『流れる星は生きている』（中公文庫）にある。

混乱の中で脱出した満州の地を訪れることは、長い間、私の夢であった。父の生きていた頃、家族で訪れることが話題になることも再三あったが、いつも父の拒絶で話は頓挫《とんざ》した。妻子と別れた後、ソ連兵に強制連行された父は、共産主義下のソ連や中国に足を踏み入れるや、再び収容所へ連れていかれる、と終生、本気で信じていた。

半ばあきれた私が、

「もう何十年もたっているんだよ。それに名の通った日本の作家を連行するようなことがあったら国際問題になる」

と言っても、

「奴等の言うことだけは誰がどう言おうと絶対に信用しないぞ」

と厳しい表情で言い張った。

父が昭和五十五（一九八〇）年に亡《な》くなって十年、ソ連がロシアに変わり中国が自由経済をとり入れるようになった頃から、私は長春を訪れたいと真剣に思うようになった。

母の衰えが目立つようになったここ数年は、早く母と一緒に訪れなくては、と年に何度も思った。母が歩けなくなったり、記憶がさらにおぼろになったら、二度と私は、自分の生まれた場所を見ることはできない、と思うようになっていた。他方では、八十歳を超え、体力低下とわがまま増大の著しい母を、連れて旅することの憂鬱《ゆううつ》も感じていた。

自分の食事を作ることが大儀になった母は、平成十三年の初めから夕食を私たち家族と一緒にとるようになっていた。たった五分前のことをほとんど忘れてしまう母が、古いことは割合とよく憶《おぼ》えているうえ、古い話を好むことに私も女房も気付いていた。自然に古い話題が多くなり、満州のことなどもしばしば食卓での話題となった。

初夏の頃、夕食中に女房がだしぬけに言った。

「お母様、一緒に満州へ行きましょうよ」

私はハッとした。母との満州行きが、私の憂鬱な願望であることを熟知しているはずの女房が、私に相談なしに切り出してしまったからである。

母が間髪を入れず、

「行きたい、行きたい」

とくり返した。女房が、

「みんなで行きましょうよ、ね、この夏休みに」

と私に向かって言うと、母が横取りして、

「そうしよう、そうしよう」

とまたくり返した。

あれよあれよと思っていると、女房が今度は、大学三年、大学一年、中学三年の息子たちに向かい、

「君たちも満州へ一緒に行く」

と聞いた。息子たちは、いつも夕食時に母の話を聞いているせいか、即座に、

「行くよ」

と答えた。女房が私を見て、

「これで決まりね」

と言い、少々いやらしい笑みを浮かべた。私は仕方なく消え入るような声で、

「うん」

と言った。

翌日になっても躊躇《ちゅうちょ》している私に、女房が、

「お母様は昔の世界に戻れば途端にしゃんとするかも知れないわよ」

と言った。半信半疑だったが、ただ前日の息子たちの返事が、何度も私をうれしくさせた。母にとって最初の外国であり、最後の外国にもなるであろう満州への、旅の具体的な日程を急いで詰めなくては、と思った。

八月二十五日、北京《ペキン》経由で、私の家族と母、総勢六名は長春に到着した。タラップを降りると乾いた風が頬にひんやりと冷たかった。八月の最高気温の平均は二十三度である。空港ビルに赤い大きな字で長春とあった。どこかなつかしい空気を腹一杯吸った。ついに来たか、と思った。

空港の出口で、案内役のリーさんが待っていた。旅行業者が手配してくれた三十代後半の女性である。日本に一年ほど滞在したことがあり、難しい言葉はダメだがなかなかきれいな日本語を話す。

空港から十キロほど南のホテルまで、リーさんが気を利《き》かせて、旧日本人街を通るよう運転手に言った。リーさんは長春育ちの上よく勉強もしているらしく、ここが日本人のよく買物に来た当時の○○百貨店です、ここが当時の○○映画館です、などと自分の生まれるはるか以前のことを流れるように説明してくれた。

私は隣の母に、「新京にいた頃、ここに来たことはあるの」などと何度も聞いたが、母は「ありません」とか「私はこのあたりには何年も住んでいたからすみずみまで知っています」とぶっきらぼうに答えるばかりだった。見覚えのある風景に久し振りに接する感動は、どこにも認められなかった。

ついには、明らかにリーさんをさして、「私はこんな人よりよく知っています」とか「一体誰ですかこの人は」などと口走るようにさえなった。異常に苛立《いらだ》っていた。私は問いかけるのを止め、女房は母の気をそらすのに大童《おおわらわ》だった。新京についてもっとも詳しい者、という地位を奪われた悔しさがあったのか、昔と今をごっちゃにして、「〝満人〟に教えを受ける」ことに腹を立てたのか、よくわからない。八十二歳の老軀《ろうく》に長旅が影を落していることだけは確かだった。満州を訪れるのが少し遅かったかも知れない。後悔が私を暗くさせた。

十九世紀は、東アジアにとって植民地争奪の世紀だった。弱体化しきった清国(現・中国)に、ハイエナの如《ごと》き列強諸国が狙《ねら》いをつけた。まずイギリスが一八四〇年のアヘン戦争で香港《ホンコン》島を、ついで対岸の九龍《きゅうりゅう》半島を割譲させた。北からはロシアが黒龍江《こくりゅうこう》以北とウラジオストックのある沿海州を、やはり清国に割譲させた。清国の属国ビルマ(現・ミャンマー)はイギリスの手に、属国ベトナム、ラオス、カンボジアはフランスの植民地インドシナとなった。清国に残された最後の属国、李《り》氏《し》朝鮮にねらいをつけたのが新興国日本だった。朝鮮は本土防衛の要衝でもあった。

朝鮮全土で反政府暴動、「東学党の乱」が起きると、日本は在留邦人保護の名目で出兵し、宗主国である清国の軍隊とにらみ合うこととなった。乱が治まると、日本は李氏朝鮮の摂政である大院君を脅し、朝鮮内にいる清国軍の撤兵を日本に委《ゆだ》ねる、という命を出させた。対清開戦の大義名分を手に入れた日本軍は、一八九四（明治二十七）年、攻撃を開始した。

陸海で清国軍を圧倒し、翌年、下関条約で朝鮮の独立を認めさせ、巨額の賠償金を支払わせ、さらに台湾および旅順・大連を含む遼東《りようとう》半島を手に入れた。日本はアジア初の植民地保有国となった。列強との抜き差しならないパワー・ゲームに参加したのである。

下関条約調印のなんと六日後に、満州と朝鮮をねらうロシアが猛然と干渉をしてきた。フランスとドイツの同調をとりつけたうえで、「遼東半島を清国に返還しないと武力行使も辞さない」と脅してきたのである（三国干渉）。遼東半島にある大軍港旅順は、南満州および朝鮮支配の急所だった。武力で対抗できない日本は、涙を呑《の》んで要求を受け入れた。武力がすべての時代であった。ロシアはこの時歴史上はじめて、日本の敵となった。三年後にロシアは、日本に返還させた遼東半島を、ちゃっかり清国から租借し、南端の旅順に大要塞《ようさい》を構築し始めた。さらに二年後の、欧米帝国主義打倒をスローガンとする「義和団の乱」の際には、日本を含む列強八ヵ国が北京や天津《てんしん》で鎮圧に当たっているどさくさにまぎれ、満州全土を一挙に占領し、朝鮮改め韓国に武装兵を上陸させたりした。

満州がロシアの手に落ちたからには、韓国は風前の灯と言ってよい。韓国をとられたら、日本そのものが侵略の大きな危険にさらされる。日本は「ロシア討つべし」を胸に、清国からの賠償金を用い、軍備の近代化を急ピッチで進めた。外交では日英同盟を一九〇二(明治三十五)年に締結し、ロシアを牽制《けんせい》した。ロシアの南下政策の阻止を伝統的な外交方針とするイギリスと、利害が一致したのである。白人国家と有色人国家との間で結ばれた、初めての対等な同盟であった。

イギリスは当時南アフリカのボーア戦争に三十万人を派兵していて、極東に兵を送る余裕はなかったから、それまでの「栄光の孤立」を捨てて、日本と組んだのである。イギリスは昔も今も世界一の戦略国家である。この、知略謀略に長《た》けた、世界一の海軍国イギリスと同盟を結んだことは、我が国にはめずらしい、外交上の勝利であった。この後二十年間ほど、両国はこの同盟から多大な恩恵を受けることとなった。

ロシアは満州を占領したまま、国際公約の撤兵に応じないどころか、韓満国境の要所に砲台を築くなど、韓国侵略の準備を着々と整えた。

満州と韓国の権益に関するロシアとの交渉が暗礁《あんしょう》に乗り上げた一九〇四（明治三十七）年二月、日本は世界最強の軍事大国ロシアに宣戦を布告した。

南満州が主戦場だったが、日本の第一のねらいは旅順港にいるロシア太平洋艦隊の撃滅だった。この艦隊が、ウラジオストック港に向けて派遣されつつあるバルチック艦隊と合流したら、日本海の制海権は失われる。日本から兵員と武器弾薬を自由に送れなくなったら、シベリア鉄道でいくらでも補給できるロシアに太刀打ちできない。韓国も確実に占領される。

堅固な旅順要塞に守られて、港に入ったまま出てこないロシア太平洋艦隊を、海上から攻撃するのは難しい。それではと、乃木希典《のぎまれすけ》大将が再三にわたり要塞を攻撃するが、一万五千の死傷者を出して断念する。

そこで港を見下ろす二〇三高地に的を変え、大犠牲の後に今度は攻略に成功する。

ここから港内のロシア艦隊に砲弾を浴びせ、それを壊滅せしめた。旅順要塞の守備兵は戦意を喪失し、さしもの要塞も陥落し、旅順開城となった。

その後、日本軍二十五万とロシア軍三十七万が正面衝突した奉天の大会戦、東郷平八郎大将率いる連合艦隊がバルチック艦隊と激突した日本海海戦を、日本は共に勝利した。

このまま戦いが長引けば、体力のあるロシアがいずれ日本の息の根を止めるだろう。ロシアと日本が戦いで共に消耗しながら適度な均衡を保つことは、六年前にフィリピンを米西戦争で獲得し、次に中国進出を狙うアメリカに漁夫の利をもたらす。そう考えたセオドア・ルーズベルト大統領が仲介に立った。

ポーツマス講和条約が結ばれ、ロシアは韓国に一切手出しせず日本にまかせること、満州から撤退すること、遼東半島の租借権と東清鉄道（旅順から長春まで）を日本に譲渡することなどが決まった。

十万の戦死者と当時の予算八年分を使っての辛勝だった。有色人種が白色人種を破った、近代になって初めての戦争であり、日本は国際的地位を確かなものとした。この戦争でもし日本が負けていたら、全満州と全朝鮮半島がロシア領そして後にソ連領となったことはほぼ確実である。大陸の利権から締め出されたら、日本は軍事大国になりえなかったし、利権をめぐるアメリカとの衝突もないから、日米戦争もなかったであろう。となればアジアは現在に至るも欧米の植民地のまま、という可能性さえある。世界史を大きく変えた日露戦争であった。

鉄道の譲渡には、沿線にある炭鉱の採掘権や森林の伐採権、各駅の駅舎を中心とする広大な付属地の利用、なども含まれていた。日本政府はこれらの経営を、国策会社にまかせることにした。イギリスの東インド会社にならい、南満州鉄道株式会社(満鉄)を設立した。出資金の半分が政府、残りが民間だった。

満鉄は長春や奉天をはじめとする主要駅の付属地を開発した。荒野を近代都市に変え、病院や学校を建設した。これらは後に日本人街となった。

一方でロシアとは四回にわたり日露秘密協約を結び、韓国と南満州における特殊権益を日本が、外蒙古《そともうこ》と北満州におけるそれをロシアが支配することを認め合ったのである。

中国では一九一一年の辛亥《しんがい》革命で清王朝が倒れ中華民国が成立したが、自国領土の満州を南北に分け、そこでの権益を日露が支配することなどは、中国のあずかり知らぬことだった。

パワー・ゲームは、他国の主権も物事の正邪も忘れさせるのだろう。日露戦争までの日本は、正面から堂々と戦って領地を獲得したが、その後は慢心と傲慢《ごうまん》に中枢《ちゅうすう》を冒されたのか、他の列強と同様、次第にやり口が卑劣になってくる。一九一〇年には韓国を併合し、一九一五年には第一次大戦の混乱にまぎれて、中国を属国扱いにするという、恥ずべき対華二十一ヵ条をつきつけた。これら併合や対華要求は武力による脅迫で成立した。これで韓国を完全な植民地とし、南満州の権益独占を不動のものとした。

満州は二十世紀前半の日本にとって三つの点で重要だった。まず第一はロシアおよびソ連に対する国防の生命線としてである。ロシアもソ連も、あくなき南下政策をとっていた。

二つ目は資源供給基地としてである。満州の豊富な鉄や石炭は、五大強国の一つとなった日本にとって必要不可欠のものだった。

三つ目は余剰人口の流出先としてだった。農家の二男三男など、土地なき農民たちが数多く渡満した。

満州の権益を山分けする日露秘密協約は、両国にとって思いもよらぬ結末を迎えることとなった。一九一七年のロシア革命により、ロマノフ王朝が倒され、新しく発足したソビエト政府が、帝政ロシアの結んだ秘密協約すべてを一方的に廃棄してしまったのである。それに伴い撤兵までしたから満州に残る外国軍は日本だけとなった。

ところが、第一次世界大戦で疲弊したヨーロッパに代り、世界のスーパーパワーとなったアメリカが、中国における門戸開放と機会均等を強く主張し始めた。言葉こそ美しいが、日本ばかりが目立つようになった機を捉《とら》え、中国における権益に自分もあやかりたい、と後発のアメリカは考えたのである。

しきりに日本の進出を牽制するアメリカなど欧米列強と、しばらくは協調路線をとった日本だが、軍部、特に関東軍はそれを嫌った。

関東軍は当初、日露戦争で手に入れた遼東半島南端の「関東州」と南満州鉄道の守備を目的として作られた陸軍の出先部隊であったが、版図が広がるにつれその兵力も役割も肥大していった。

一九三一（昭和六）年、その関東軍が暴走した。奉天駅の北八キロにある柳条湖《りゅうじょうこ》で、満鉄線を自ら爆破したのである。これを中国軍の仕業とし、関東軍は全面的な軍事行動に移る。中央の蔣介石《しょうかいせき》政府と手を結び激しい排日運動を行なう張学良《ちょうがくりょう》を、徹底的に叩《たた》くための練りに練ったシナリオだった。張学良の父親で満州の支配者だった張作霖《ちょうさくりん》は、三年前に爆殺されていた。ほとんど無抵抗の中、全満州を計画通りまたたく間に占領してしまった。

この満州事変を通し、関東軍は政府の意向や陸軍参謀本部の命令を再三にわたり無視した。無理の通ることを覚えた関東軍は、明くる一九三二年、独走して傀儡《かいらい》国家を建設し、清朝最後の皇帝溥儀《ふぎ》を元首とする。

満州国の誕生である。首都は長春改め新京とした。政府や陸軍参謀本部は、国民政府の宗主権の下での親日政権なら、国際世論の批判をかわせると考えていたが、それを無視しての独立国建設であった。独立国建設に反対していた犬養《いぬかい》首相が五・一五事件で殺された後、日本政府により正式承認された。その後まもなく満州事変に関するリットン調査団の報告書が提出され、これにもとづき、翌一九三三年、国際連盟は満州国不承認を決議し、日本は国連を脱退することとなった。満州国は、日本以外の誰からも祝福されない暗いスタートを切ったのである。

我々のホテルは、シャングリラ・ホテルという長春唯一《ゆいいつ》の五つ星だった。マレーシアの華僑《かきょう》が建設した、プールやテニスコートまである豪華ホテルである。ただし価格は日本の同格のホテルに比べ半分くらいである。従業員が中国人であることと漢字が目につくことを除くと、欧米の一流ホテルと変わらない。何となくがっかりした。

まだ明るさの残っているうちに少し歩こうという私の提案で、休みたいという母を除いた五人は、荷物を部屋におろすとすぐにロビーに集まった。東京を出発してからほとんど歩いていなかったから身体《からだ》がなまっていたことと、一刻でも早くこの足で生地を踏みしめたい、とはやる気持を抑えられなかった。

豪華ホテルを出ると、直ちに豪華でなくなった。大通りに沿って、雑居ビル、貧相な店、露店などが雑然と並び、質素な身なりの市民が道にあふれていた。リヤカーの上に二枚の板をおいて、その上で赤リンゴ、青リンゴ、みかんを売っていたり、自転車の荷台でおばあさんがベージュ色のほおずきを売っていたりした。体重計を道において若い男が手持ちぶさたに立っていた。通り過ぎてから三男が「体重を気にする人なんていなさそうだね」と小声で言った。

もっともよく見かける露店は、地面にしいた敷物の上に品物をおく、というスタイルだった。野菜屋の次は携帯電話屋、と様々な店がある。当地の名産なのだろう、枝豆を売る所がいくつもあった。どこも品物の量が驚くほど少なく、リンゴ二十個だけとか、ほおずき十房だけとか、携帯電話二十個だけという具合だった。次男が「こんなままごとみたいな店で生計立てられるのかなあ」と私にささやいた。土の見え隠れする歩道を、私たちは人をよけながら歩いた。

私の生地は広い広い満州のはずなのに何もかもミミッチー、と内心いささかがっかりしながら五分ほど歩いたら、突然、度胆を抜くような巨大広場に出た。大同広場（現・人民広場）である。新京の中心に配置された、直径二百メートルもありそうなこの広場は、ロータリーとなっており、中心部には緑の庭園がある。私は「かくも豪快なロータリーはミミッチー日本にはないぞ」と息子たちに言って胸を張った。

広場に面して、旧満州国の中央銀行（現・中国人民銀行）、電電公社（現・長春市電信局）、首都警察庁（現・長春市公安局）などが威風堂々と並んでいる。昔も今も同じ業態なのが面白い。大きな建物がいくつも建設された今でも抜きん出て立派だから、当時はよほどのものだったろう。

満州国のスタートは、対外的に暗いものだったが、その後の建国にかける日本人の心意気の高さは、この建物群の力強さから容易にわかる。侵略であることは紛れもない事実としても、この広大な満州の地に、夢の新国家を実現しようとしていた純粋な人々も多くいたのだろう。

翌朝、一行六人はリーさんを頼りに、私の生まれた旧新京満鉄病院を訪ねることにした。貸切りのマイクロバスは、前日に歩いて行った大同広場を左折した。大同広場から真北の新京駅まで一直線に幅六十メートルの大同大街（現・人民大街）が通っている。子供の頃から何度となく母に聞かされた道路である。「広くまっすぐ」というイメージだったが、確かにその通りで胸のすく思いさえする。

三キロ余り先の駅前には、やはり直径二百メートルほどの半円形広場がある。そこから南に大同大街、南東に旧日本橋通り、南西に旧敷島通り、と三本の幹線が放射状に出ている。

都市計画の見事さは日本では見られないほどである。初代満鉄総裁の後藤新平が、パリのシャンゼリゼとベルリンのウンター・デン・リンデンを念頭において計画を練らせた、というだけのことはある。日本の都市が現在でも欧米に見劣りするのは、日本人の都市計画能力の欠如というより、各都市の歴史が古く、その面積が狭く、また為政者が庶民の所有権や自由を尊重したことなどのためだろう。

幹線道路ばかりが立派で、相変わらず農産物、特に特産の大豆の集散地にすぎなかった長春だったが、満州国の首都と決まるや急変貌《へんぼう》した。二十年間で五十万都市、ゆくゆくは三百万都市にということで、街路は格子《こうし》状に整備され、首都の機能を果たすための大がかりな建物が、原っぱに建てられた。実際建国時に人口十万程度だったのが、建国八年後の昭和十五年にはすでに五十万都市となっていた。

駅へ向かって大同大街を北へ進むと、左側にレンガ造り三階建ての上に天守閣のようなものを冠した、旧関東軍司令部が偉容を誇っていた。正門にかかった白い看板に、赤字で「中国共産党吉林省委員会」と書いてあったので、今昔の落差に思わず吹き出してしまった。

写真をとってはいけないということだったが、外に出て数十メートルの道路ごしに正門にカメラを向け素早くシャッターを切ったら、案の定二人の守衛の一方に、指をさされ激しく怒鳴られた。正門辺りに何か中国共産党の秘密があるのかもしれない。

旧関東軍司令部の北に旧児玉公園があった。日露戦争における満州軍総参謀長児玉源太郎大将を記念した公園である。聞かれることに答えるだけだった母が自ら口を開き、「何度も来た児玉公園ですよ。ほらあそこに立っているのが児玉元帥《げんすい》です」と言って白い巨大な像を指した。

軍服でなく人民服らしきものを着ているが、と思っていたらリーさんが、毛沢東と訂正した。当然だが台座の人物を入れかえたという。児玉公園とはつまらぬ名だが、現在の勝利公園もつまらぬ名と思った。

旧新京満鉄病院と思われる建物は、旧日本橋通りから少し入った所にあった。母はこの辺りの地理をよく覚えていないようだった。「僕の生まれた所くらいしっかり覚えておいてくれなきゃ」と思わず母に文句を言った。

もっとも今考えると、母は新京に移ってほんの二ヵ月足らずで私を産んだから、この建物を見たのは二、三度の検診と入退院時くらいだろう。妹は官舎で生まれている。責める方がおかしい。

屋上に長春鉄路医院とあったから、きっとここなのだろう。長春育ちのリーさんが、ここ以外には考えられないと断言してくれたので、やっと我が記念すべき生誕地と納得した。

何となくうれしくなり、「パパ生誕の地だぞ」と皆に大声で言ったら、長男が「大した意味のない所だね」とイヤミを言った。それでも皆で病院玄関で記念写真をとった。

私の生まれた光輝ある病院にしては薄暗く陰気で殺風景な廊下を通り、生まれたその場所に少しでも近寄ろうと、奥の産科棟に急いだ。廊下を行き交う白衣に目をやりながら、若い母親に抱かれた玉のように可愛《かわい》い私を想像していたら、次男に手を引かれて母が追いついた。五十八年の過ぎ去ったことが実感された。少しでも詳しい情報をと欲を出し、母に「何階で生まれたか覚えている」と聞いたら、「そんなこと覚えているものですか」とピシャリとやられた。

いよいよ待望の、私たちの住んでいた官舎探しとなった。住所は今でも母がスラスラ言える。「新京特別市東安街政府第八官舎二十一号」である。まず東安街を見つけなければならない。

終戦とともに満州国は滅亡したが、その後、街路の名称もすべて変えられてしまった、とリーさんは言う。「市役所とか図書館に昔の記録が残っていませんか」と私が催促するように言うと、「満州国のものはみな捨ててしまいました」と事もなげに言う。

こうなっては、日本人街だった所へ行って、母に見たことのある道や建物を思い出してもらうしか手はない。といっても日本人街はいくつかある。母は、官舎から病院までの距離はもちろん、乗物で行ったか徒歩で行ったかさえ覚えていなかった。私たちは病院を出て最寄りの旧日本人街を目ざしとぼとぼ歩き出した。

たった一キロ余りの道を、母の腕を女房や息子たちが交互に取りながら、半時間もかけて歩いた。気が急いていた私は皆のはるか前方を一人で歩いた。ようやっと、かつて日本人住宅のあったという区域に出た。駅から南東に徒歩十五分位と便利だが、小路に足を踏み入れようとして腰が引けた。

ほとんど貧民窟《くつ》だった。官舎と思《おぼ》しき建物はレンガ造りでしっかりしているのだが、中は手狭なのか素人《しろうと》の手になる不格好な出窓が取り付けられてあったり、ブリキの煙突が通りに突き出ていたり、ひさしの上が物置き場になっていたりする。破れ木戸には古びた張り紙がいくつもこびりついている。家の前にはガラクタが置かれ、たわわな洗濯物の下に置かれた不格好なベンチで、纏足《てんそく》の老女が長さ五十センチもあるキセルで喫煙している。たらいで洗濯しているおばさんが、洗濯水をそのまま道に流す。生ゴミが放置されているのか異臭がする。

ここが私の原風景か、と考えると滅入ってしまった。数学者にとって、美的感覚はもっとも重要なものである。数学を論文として書き下したり他人に説明するには、厳密な論理を用いるが、数学的発見は通常、美感とか調和感によってなされる。この情緒は幼少の頃より美しいものに触れることで育つ。これまで、私はあちこちでこのことを言ったり書いたりしてきた。これが原風景では私の立つ瀬がない。情ない。昔はこの辺りも美しかった、と考えようとしたが、時折鼻をつまみながらではすこぶる難しい。「この風景を見た覚えがない」と母は言ってくれるが、信頼性に欠ける。私の苦悶《くもん》の表情を見た長男が、「パパの故郷なんだね、ここが」とまたもやイヤミをきかせた。

私は焦燥と憤《いきどお》りにかられて、リーさんに早口で言った。「どこだかわからない所を歩いていてもしょうがないから、この辺の年寄りに聞いて下さい、かつての東安街を覚えているかどうか」

小路を抜けた所にある商店に、白髪の、長春ではめずらしくでっぷり肥えた親爺《おやじ》がいた。サンフランシスコのチャイナ・タウンにいるような、緑の格子じま半袖《はんそで》シャツを着た陽気な人で、お腹《なか》が窮屈なのか、ボタンは上三つしか留めていない。

七十歳の彼は、戦後すぐにここに移って来たが東安街は知らないという。戦後ではダメだ、と思っていたら、「この界隈《かいわい》に日本人の官舎があったことは確か」と付け加えた。うなだれていると、「そうそう、六軒先のじいさんならここに戦前から住んでいるからわかるかも知れない」と言った。

私は人の好い彼と四方山話《よもやまばなし》に入った一行を置いて、六軒先へ急行した。狭い間口から奥をのぞくと、椅子《いす》に坐《すわ》っているおじいさんが見えた。私は大声で「リーさんここですよ、ここ、ここ」と叫んだ。

奥から出て来たのは、小柄で無愛想な八十歳の老人だった。警戒しているようにも見える。一瞬、八十なら終戦時は二十四だ、若い頃、日本人に虐《しいた》げられなかっただろうか、私の父や母に怒鳴られたりしなかったろうか、などと少々緊張した。中国に来てそんな風に思ったのは初めてだった。

「ここら一帯は今よりはるかにきれいで、日本の軍人が多く住んでいたよ」「東安街は覚えていますか」「子供の頃からここにいるけど聞いたことのない名だな」

私は安堵《あんど》した。ここには関東軍の家族宿舎があった、と彼は言った。いずれにせよ私とは関係ない、私がここで幼少時を過ごしたはずなどもともと金輪際《こんりんざい》ありえないのだ、と思った。

最悪は回避されたが、振り出しに戻っただけのことだった。昼食をとる予定の旧大和《やまと》ホテル（現・春誼賓館）へ向かう足取りは重かった。

大和ホテルは満鉄が、満鉄線をユーラシア大陸を延々と横断してきた鉄道の最後の部分と見なし、欧米人も泊まれるホテルとして主要都市に建設したものである。満鉄の面子《メンツ》をかけて建設しただけあって、確かに美しい。大連大和ホテルなどは、現在でも世界で最も美しいホテルの一つと思う。日本人の造形感覚の鋭さを充分に表わしたものである。

これら大和ホテルの中で、最初に完成したのが、長春駅前にあるこの長春大和ホテルである。明治四十三年の開業である。二階建てとやや小ぶりだが、外観および内装のアール・ヌーヴォー様式が目を引く。帝政ロシアへの対抗心から、西欧の様式をとったのだろう。

母は無論、大和ホテルを覚えていた。入口で「こんな高級ホテルに入るのは特別の人だけです」と言い、ここで昼食をとることに不満をもらした。中国での食費は日本に比べはるかに安い、と説明したのだが、昔の高級イメージが強いらしく節約家の母はどこか腑《ふ》に落ちない様子だった。

玄関に一歩足を踏み入れると、私も少々心配になるほどの内装である。木製のドアも壁の腰板も階段の手すりも光沢のある深いオーク色で統一されている。エンジ色のじゅうたんが床から階段まで敷き詰められ、踊り場正面の壁一面にステンドグラスがはめ込まれている。重厚かつ品がよい。

大きなバンケット・ルームもある。このホテルは、満鉄保有の南満州鉄道とロシア所有の東清鉄道との接点、長春で、ロシアや清の高官をもてなす社交場としての役割もあったのである。

二階の、賓客用寝室だったと思われる十五畳ほどの瀟洒《しょうしゃ》な個室で昼食をとった。前日の夕食から中華料理を大量にとり続けており、食べ盛りの息子たちまでが胃の不調を訴えるほどだったから、昼食はラーメンだけにしてくれ、と出発前にリーさんに言っておいた。

ラーメンと思しき麵《めん》類が来たのは、大皿に山盛りの料理が八品も出た後だった。うんざりしながら口に押しこんだ。一人千二百円程度だったから、リーさんに文句はつけなかったが、料理を半分以上も残すのはどう見ても罪悪であろう。

午後、もう一つの日本人街へ行くことにした。午前の歩き疲れと昼食の食べ疲れがあったが、自分の住んでいた家のそばまで来ているのに、と思うと大和ホテルでゆっくりくつろぐわけにいかなかった。

旧大同大街から少し入った所にある、かつて弥生町と呼ばれた辺りへ行った。人通りの多い繁華街だった。しばらく歩いてからリーさんが「日本人が大勢住んでいた所はこちらです」と言った。

指した手の方向は大がかりな建築工事現場である。工事の向う側に回ろうと三百メートル余り歩きに歩いたが、ずっと工事現場である。やっと端まで行ったら、奥行きもまた百メートル以上あることが分った。古くからの住宅を壊し巨大なショッピング・センターを作るらしい。

私の住んでいた官舎は、この工事の犠牲となった可能性もある。私の育った家も、歩いた道路も、何もかもこのみにくい工事現場の下かも知れない。

工事現場特有のほこりっぽさと騒音、それに苛立《いらだ》ちと疲労が加わって、工事現場の裏まで回ることはあきらめた。母がもう歩けないほどだったこともある。午後三時頃だったが、ホテルに戻ることにした。

旅行業者をうらんだ。旅の目的をはっきり伝えたうえ、旧住所まで教え事前調査を頼んであったのに、何もしていてくれなかった。ここにいられるのは正味三日間だけだ。このままでは住んでいた場所さえ特定できず帰国となるかも知れない。今の所、候補地はこともあろうにあの貧民窟と醜悪な工事現場しかないのだ。何たることか。母だってもう少し思い出してくれてもよい、せっかく一大決心でやって来たのに。そもそも中国が悪い。古いものを全部捨ててしまうとは何たる不見識。乱暴狼藉《ろうぜき》、焚《ふん》書坑儒《しょこうじゅ》、紅衛兵《こうえいへい》だ。帝国主義日本の悪逆無道を示す記録だって、歴史上の貴重な資料のはずだ。

資本主義も悪い。利潤をあげるために何でもするから、古いものや不能率なものが片端から破壊される。文化の敵だ人類の敵だ、何より俺の敵だ。私はひとしきり悲憤《ひふん》慷慨《こうがい》八ツ当りして、ベッドに横たわるとすぐに午睡に入った。

夕食前に、リーさんが満州国時代の地図のコピーを配ってくれた。一メートル四方もありそうな「最新地番入・新京市街地図」である。コピー一枚が二千円もするのは割り切れないが、ここを訪れる日本人には私のような望郷組が多く、この値段でも買うのだろう。不満ながら全員一枚ずつ買った。

ホメロスの詩に歌われたトロイの遺跡を発見する、という夢のような仕事をなしとげたシュリーマンの『シュリーマン旅行記　清国・日本』（石井和子訳・講談社学術文庫）を思い出した。中国を経て幕末の日本を旅した彼は、中国では船頭に規定料金の何倍もを要求されたのに、日本では決められた料金しか要求されないのでびっくりした、と書いている。客の足元を見てふっかけるのは、彼《か》の国では昔から日常のことなのかも知れない。

これさえあれば、と思って急いで開いたが、幹線道路と主要建造物以外の名称は書かれていない。そのうえ字はゴマ粒ほど小さく、コピー機の解像能力も低いからほとんど解読不可能である。

それでもと、東安街らしきものをくまなく探したら、市の東端に東天街と読める道路があることを発見した。天と安は似ていないでもないが、その一帯に大きく歓楽地とあるから、よからぬ所のはずだ。無論、石部金吉だった父や純真純情無垢《むく》無邪気だった私とは何の関係もないはずである。ただ、ホテル前の汚ならしい工事現場が、日本人子弟の通った白菊小学校のあった所と判明した。

夕食時に後発組の三名が合流した。父の可愛《かわい》がっていた編集者のM氏とT氏、それに私の妹である。

父は「自分はよい編集者によって育てられた」と口癖のように言って若く有能な編集者たちを大事にした。そのうちの二人で今では五十代後半となっている。この二人が中心となって父の死後「スイス会」なるものを作り、今でも一緒に旅行に出かけたり、年に一度は命日のころに集まり父を偲《しの》んだりする。

今回も、「新田先生ゆかりの地を訪れたい」と我々に加わった。私よりはるかに知恵があるから、ゆかりの地探しには頼もしい援軍である。中国語の教師をしている妹も、今回ばかりは役立ちそうだ。

私は元気を取り戻した。我が家探しが悲惨な結果に終わったことを憤慨とともに語ったら、「それはそれは大変でしたね」と言うと、三人は言葉とは裏腹に、さも楽しそうに笑った。

翌朝は旧満鉄病院を見たいという三人の希望で、先発組は二度目の病院訪問をした。病院前の貧相な通りとは不釣合な、広大な敷地と建物である。

妹が広い前庭で病院を見上げながら「ヒコはここで生まれたのよね」と私に言った。「そうだ、お前には少しもったいない所だな」と軽口をたたいたのがいけなかった。ひがみっぽい妹が母に「お母さん私はどうしてここで生まれなかったの」と聞いた。

母は「たぶん間に合わなかったんでしょうね」といい加減なことを言う。「うそでしょ。倹約したんじゃないの、お産婆《さんば》さんの方が安いから」。妹のひがみに気付いた母が「もしかしたら空室がなかったのかも知れない」などと言ったから妹が腹をたてた。「いったいどっちなのよ。そんなことふつう覚えているもんじゃない。どうせ私なんかここで大金をかけて産むに値しない、とでも思ったんでしょう」。妹はしばらく機嫌が悪かった。

そのまますぐ、リーさんは長春の観光案内に行きたいようだった。前日の執拗《しつよう》な家探しに参ったのだろう。しかし、今日こそは東安街をつきとめる、という意気込みの私の希望で、近所の年寄りを片端からつかまえ東安街を尋ねてみることになった。病院の裏門を出ると中華街、というか普通の裏通りだった。歩道の木蔭《こかげ》に置いたテーブルで麻雀《マージャン》をしている男女がいた。周りで数人が観戦している。リーさんが、麻雀にふける七十歳以上と思《おぼ》しき人に東安街を尋ねたが、雀卓に目を落としたまま知らないと言った。不親切なジジイめ、と一瞬思ったが、かつて私も、麻雀の手を休めないままラーメンをすすっていたことを思い出し了解した。

リーさんと妹が手分けして付近の人々に尋ね始めた。よほどヒマな人たちばかりなのか、親切な人たちの密集地帯に入っていたのか、たちまち二人を中心に二つの人の輪ができた。色々の人が色々のことをてんでに言っているようだが、肝腎の東安街には至らない。東安街に発音のよく似た道路を知っている人がいたが、漢字が少しだけ違っていた。三十分も粘ったが、らちがあかないので、とりあえず諦《あきら》め、満州国皇帝溥儀《ふぎ》の皇宮へ向かうことにした。

清のラスト・エンペラーとして、二歳から六歳まで北京の紫禁城に君臨した愛新覚《あいしんかく》羅《ら》溥儀は、孫文による一九一一年の辛亥革命により、幼少ゆえわけも分らぬまま退位させられた。秦の始皇帝以来、二千年余り続いた中国の王朝体制は、ここに幕を下ろしたのだった。

二十年間、北京や天津で復仇《ふっきゅう》（かたきを討つこと）と復辟《ふくへき》（帝位に戻ること）を胸に、失意の生活を送っていた溥儀に転機が訪れる。昭和六（一九三一）年の満州事変である。

溥儀の胸の内を知る関東軍は、「日本は満州人民の新国家建設を誠心誠意援助する。そのため清の祖先の地に戻り皇帝として新国家を指導していただきたい」と訴えたのである。二十五歳の廃帝は、一応の満足を得て満州行きを承諾した。

半ば疑心暗鬼、半ば皇帝の夢に酔って長春へ到着した溥儀を待っていたのは、駅広場で小旗をふる一万人の歓呼だった。疑心は消えた。

溥儀は一ヵ月もしないうちに、自らの地位が名ばかりであることを悟った。何を発言しても「陛下は御心配くださらなくてもよろしい」が返るばかりだった。政治に口を出すどころか自分あての手紙を自ら開いて読む自由さえなかった。

関東軍をうまく利用し、いつか紫禁城に戻り大清帝国を復活させる、という夢がもろくもついえたのを自覚した。

関東軍と溥儀の交わした密約が満州国の運命を定めていた。一、国防と治安は日本に委《ゆだ》ね、その経費は満州国がもつ　二、鉄道、港湾、水路、航空路の管理や敷設はすべて日本に委ねる　三、日本人を満州国参議に任じ、中央、地方の官署にも日本人を採用する。その選任、解任は関東軍司令官の同意を必要とする。

それればかりではない。政治の中心は国務院で、その長である国務総理すなわち首相は中国人だったが、実権はその下のポストにいる日本人総務長官に握られていた。大臣たちも満州の実力者が就任していたが、実権はその下の次長が握り、すべて日本人だった。さらに重要事項の決定については、すべて関東軍司令官の承諾が必要だった。

経済面でも一方的である。金、銀、石炭、石油、銀行、鉄道、電信電話、放送、航空など重要産業はすべて国有とした。中国人の土地私有を一人十町歩までとし残りは没収した。中国人官僚の給与は、日本人の六割程度だった。それに満州国三千万の人口の一パーセント程度にすぎない日本人が、当初は官僚の二割、後には半数余りを占めていた。

その中にあって「日本人は極力満州国に干渉してはならない。日本人と中国人の待遇を同等にすべきだ」と、本気で理想郷を実現しようとした異才石原莞爾《かんじ》中佐は、建国後半年もしないうちに東京に戻された。石原は、満州の地に第二のアメリカ合衆国を作ろうとしていたらしい。石原が去った後、植民地化は急激に進み、五族協和も吹き飛んだ。

かくして関東軍司令官を独裁者とする傀儡《かいらい》国家が確立した。現在、中国では「偽満州国」と呼ばれているが、実態はその通りであった。石原には、満州国を当分の間平和に保ち、その間に強大な産業力を持つ友好国家に育て、それをバックに、将来必ず勃発《ぼっぱつ》するアメリカとの「世界最終戦」に勝利する、という遠大な計画があった。だから昭和十二（一九三七）年、関東軍が盧溝橋《ろこうきょう》事件から日中戦争に入ろうとした時、陸軍参謀本部作戦部長となっていた石原は強く反対した。まだ十年間の平和が必要、そもそも敵が違う、と考えたのである。

溥儀の皇宮は、二階建ての質素なものだった。皇宮というより、「幽囚の館《やかた》」とでも呼ぶのがふさわしい建物だった。溥儀はここに十三年余り住み、関東軍高級参謀で帝室御用掛の吉岡中佐にお伺いを立てなければ何もできない、という生活を送った。二階の書斎には、溥儀と吉岡中佐の蠟《ろう》人形が陳列してあった。Mさんが、「皇帝と御用掛が同じ高さの椅子《いす》なんだからなあ」と自嘲《じちよう》気味に言った。別の部屋には、アヘン中毒の妻、婉容《えんよう》の蠟人形もあった。皇帝の夢を追いすぎた溥儀の不運と孤独が伝わってきた。展示室はすべて関東軍の暴虐《ぼうぎやく》ぶりを伝えるものばかりだった。

どの宗主国も、植民地ではほぼ例外なく暴虐の限りをつくしたが、表面上はなんとか公正を装《よそお》っていた。イギリスなどは実に巧妙な運営をしたから、インドをはじめとする旧植民地でさして恨まれていない。それに比べ、関東軍は余りにも稚拙《ちせつ》、露骨であった。中国のことだから、合成写真などがかなり含まれている可能性もあるが、もし本当なら我々日本人が見ても嘆息と怒りがこみ上げてくる。一行はほとんど無言のまま皇宮を出た。

当時の日本国民の大多数は、満州におけるこのような植民地政策を、悪と意識していなかった。正しい情報が与えられていなかったこともあるが、人々の眼には、列強に伍《ご》して躍進する日本のまぶしい姿としか映っていなかった。私の父母もそう感じ、意気揚々と新しい希望と夢の大地、満州国を目指したのだった。仕方なかったと言える。植民地経営は当時、少なくとも先進欧米諸国にとって、未《いま》だ罪悪感の伴うことではなかった。だから第一次大戦後のパリ講和会議で、アメリカのウィルソン大統領が「民族自決」、日本が「人種平等」、と画期的な提言を唱えたが、冷ややかに受けとめられた。

実際、ヴェルサイユ条約の発効とともに発足した国際連盟の規約には、委任統治に関し、「自立し得ざる人民の福祉および発達を計るは文明の神聖なる使命」とある。帝国主義を正当化している。

会議で謳《うた》われた民族自決は、戦勝国の利益に配慮し、ヨーロッパにだけ適用され、アジア・アフリカには適用されなかったのである。ヴェルサイユ体制のこの矛盾が、日本の満州進出やイタリアのエチオピア進出などの温床になったとも言えよう。

帝国主義が絶対悪とみなされるようになったのは、驚くべきことに、第二次大戦後のことである。と言うより、それこそが、第二次大戦が愚かな人類へ遺《のこ》した最大の教訓であった。

気配りのよくきくTさんが、沈んだ空気を払うような明るい声で、「新田先生のいらっしゃった気象台へ行きましょうよ、ね、先生」と母に向かって言った。衆議一決した。

リーさんが母に「気象台どこにあるか覚えていますか」と余り期待していないような口ぶりで聞いた。母が即座に「南嶺《なんれい》の丘にあります」と答えたので、皆がびっくりした。リーさんは少し間を置いてから、「それなら心当たりがあります、行ってみましょう」と自信を取り戻したように言った。

南嶺とは、駅の南南東五、六キロの所にある、丘陵のことである。マイクロバスは丘を上った所で止まった。門の看板に気象という文字が含まれている。あとは略字で読めない。第二外国語で中国語を勉強しているはずの次男と三男にも聞いてみたが、二人でモグモグ言うだけで答が返ってこない。

不勉強な息子たちはケシカラン、そもそも伝統ある漢字を勝手に略字化した中国がケシカラン、漢字を捨てた韓国はもっとケシカラン、英語公用語論などの出る日本はもっともケシカラン、などと思っていたら、リーさんが「ここですよ、降りて下さい」と言った。構内で誰かに聞いて来たらしい。皆が「ヤッター」と思わず叫んだ。前日のような苦労を予期していた私は、この重要地点があっという間につきとめられたので、むしろあっけにとられていた。かつて中央観象台のあったこの敷地は現在、気象器械の製造工場となっているという。

気象情報は、言うまでもなく軍事、交通、産業と深い関係がある。そこで満州国建国の翌年、昭和八（一九三三）年に中央観象台がここに創設された。日本における中央気象台の役割に加え、統一した暦を作る必要から天文台の機能をも併せ持つ機関だった。満州各地に点在させた測候所の総元締でもあった。

父はここの高層気象課長として勤めるかたわら、併設された観象職員訓練所で、高層気象学を教えていた。ここで六ヵ月間にわたり気象学および気象技術を学んだ訓練生は、各地の測候所へと配属されるのである。父は通常の業務と教育の他、気象研究にも精を出し、満州物理学会で「成層圏の構造について」という講演などもしている。

中央観象台に勤務していた者たちが、戦後、日本で南嶺会という同窓会を作っている。昭和三十六年に出されたそこの会誌に、作家としてかけ出しの頃の父が一文を寄せている。父が、中央気象台のややアカデミックな雰囲気と違った、中央観象台の新大陸的な荒っぽさにどぎまぎしていた様子がよく分かる。公刊されていないものなので引用する。

げんこつと満洲

元中央観象台高層科長　藤原寛人

私が満洲に転任したのは昭和十八年の四月であつた。話はずつと前に決つていたが、官舎がないから待機していた。官舎があいたから直ぐ来いという電報を受けて、家族と共に勇躍赴任した。新京につくと、総務係長の渡辺さんが迎えに来てくれて「実はあく筈《はず》の宿舎があかないので、しばらく旅館で我慢して下さい。」満洲に入つた、とたん私はでかいげんこつを食つた感じだつた。宿舎に関する限り、私と私の家族はだまされたのである。満洲なんかに転任して来るんぢやあなかつたと、その時は本当に思つた。中央観象台ともあろうものがと、この時のいかりは今も忘れない。結局官舎の明く当ても、見透しもないのに、官舎があると嘘《うそ》を云つたのである。

当時出淵さんの奥さんが入院しておられたので、しばらく出淵さんのところに御厄介になることにした。私の妻は、八ケ月のお腹《なか》をかゝえてべそをかいていた。

宿屋から出淵さんの家へ引越したので、やれやれと、観象台へ出勤した。約束は高層気象観測をやるということだつたが、科に昇格するまでしばらく観測科にいてくれということで即日観測科長安井豊氏付ということにきめられた。

「藤原君、このフォルタン気圧計の検定を午前中にやつておいてくれ」

挨拶《あいさつ》が終ると、着任第一番目の仕事が私に与えられたのである。

「私は高層気象をやりに来たのですが」「君は観測科の技師だ俺のいうとおりにやればいゝのだ」

安井さんは胸を張つていつた。不精ひげが気になつた。

これが、私が受けた、第二発目のげんこつであつた。

幸い三日間で安井さんのところを解放されて（多分能がないと思われたのでしょう）高層観測室に落ついた。

「藤原さん、この現象はゾンデが悪いのですか、気象状態なのでしようか」

藤村係長が私を待つていて訊《たず》ねた。当時新京では陸軍型ゾンデを使つていた。私は気象台型ゾンデしか知らないから、こういうことを訊《き》かれると最初からお手上げであつた。これが第三発目のげんこつ。

第四発目のげんこつは私が貰《もら》つたのではない。げんこつを見たのである。「兎《と》に角《かく》満洲というところはうるさいところで内地の観念ではいけない」と先生格の出淵さんの云われるまゝに、各係を挨拶して廻つた。

現在の南嶺会会長庄司さんに会つたのはこの時である。丁度私が彼の部室へ入つたところ、彼は日本人でない男にげんこつをくれているところであつた。ひとごとながら、私は胸がどきどきした。後で聞いたが、その男の名は確か福金といつた。この庄司氏にはその年の秋の運動会で幹事であつた私の出勤が遅かつたという理由で怒鳴られた。その時の録音機をかけましよう。

庄司「おい、幹事が今頃出て来て、なんだ。こゝは内地とちがうんだぞ」

藤原「どうもすみません」

庄司「これから気をつけろ、ようし、向うへ行つて働け」

いささか創作じみているが、その時の彼のいきおいはすさまじいものだつた。まだまだこの他にこわいげんこつがあつた。今中宮祠の所長をやつている滝沢さんが、どういうものか、ちよいちよい私の部屋へ来て、武勇伝を聞かせてくれるのである。

安井さんをぶんなぐつた話などは何回も聞かされた。度々このげんこつの話を聞かさせられる、この人は、今にきつと俺にもげんこつを食わせるにちがいないと思つて、満洲にいる間中滝沢氏には警戒をおこたらなかつた。げんこつではないがやはりげんこつに類する武勇伝を語りに来る人に計良さんがあつた。この人もげんこつをふりあげそうで怖かつた。

今考えると、当時私は三十になつたばかり世間知らずのおぼつちやんだつたから、よつてたかつて、教訓を垂れてくれたのだろうと思うけれど、私はげんこつが怖くて、なかなか落ちつけなかつた。新京に行つて一年ばかりは望郷の念やるせなく、岡田武松先生にしきりに手紙を書いた。

一年たつと、やゝ私も落ついた。

一番最初に私にげんこつを喰わせた安井さんは、見かけによらないやさしい人であり、たのめば味方になつて貰える人であることが分つて、それからは親しく教えていただいた。滝沢さんも、計良さんもどうやら私の味方になつてくれるために私の部屋に来るのだということが分つたし、庄司さんのげんこつは習慣であり、近よらないかぎり被害がないことが分つて安心した。

今思い出すと、なにもかもなつかしいことだけである。もう一度、観象台のあとに立つて見たい。

南嶺の丘のなつかし蕗《ふき》の薹《とう》

父が勤務していた頃の写真と見比べると、白かった建物が品の悪いエンジ色に塗りかえられ、少し増築されている他は、同じである。

門を入る時、二十一年前に逝《い》った父が急に接近したため、長春に来て以来の緊張を覚えた。我々はまず、ほとんど昔のままという裏にまわった。雑然とした雰囲気が、戦後、千代田区竹橋の中央気象台官舎に住んでいた頃に見た、気象台建物の裏庭とよく似ていた。白いワイシャツを着た父がふらふらと出て来そうな気がした。裏口を入ると左に、ドアのない白タイルの便所があった。

二階へ昇る階段のしっくいの壁に、満州全土の地図が描かれており、測候所のある地点に赤丸と地名が付されていた。当時のものであることは、長春が新京、瀋陽《しんよう》が奉天となっていることから明らかである。戦後に壁の塗りかえがあったに違いないが、この壁だけは有用な大地図があるということで、そのままにされたのだろう。当時と同じような地点に今でも中国の測候所がある。

二階正面のもっとも明るい部屋が台長室である。ここに私もよく知る和達清夫博士（後に気象庁長官、日本学士院長）がいたのだなと思った。和達さんの家は中央気象台官舎で、すぐ前だったから、私も家族全員をよく知っている。女流俳人を母上にもつ博士は、地震学者として著名なだけでなく、文学好きでもあり、時々当地で句会などを催した。無類の俳句好きで、即興句の名人と自称する父は、無論常連であった。父も充実した日々を送っていたのだろう。三十代前半という若さの父が緊張に小鼻をふくらませ、やや目を吊《つ》り上げて、この台長室に出入りする姿が想像され、思わず笑みがこぼれた。父の息づかいさえ感じられるほどだった。

正面玄関で記念写真をとった。父が何度となく昇降した、八段の階段の下でポーズをとった。私が、

「このメンバーでここを訪れるとは、オヤジ夢にも思わなかったろうね」

と母に言ったら、それには答えず、

「あの頃のお父さんは若かったなあ」

と、母がしみじみと思い出すように言った。

ポーズの崩れた後、Tさんが、

「新田先生もさぞ地下でお喜びでしょう」

としんみり言った。女房が、

「玄関脇《わき》に咲いているのは信州によくあるコスモスよ。お父さんらしいわ」

と言った。夏には諏訪《すわ》にある父の生家でいつも咲いている花である。

正門へ向かいながら、父への想《おも》いが急に胸に溢《あふ》れ、息苦しかった。私は立ち止まってもう一度玄関を振り返った。まだやせていた父が、コスモスの横を一人で向こうに歩いて行く姿が目に浮かんだ。はっと息をのんでいると、父はふとこちらを振り向き、何も言わぬまま目を細めて見ている。

「お父さん、そっちじゃないよ、こっちに来ないとだめだよ」

と私は声にならない声で叫んだ。父の姿はすぐに観象台の建物とないまぜになって、南嶺の風ににじんで消えた。

昼食は近所のホテルでとったがまた十品近く出た。日本でなら、三度三度日本料理ということなどあり得ないが、中国やインドでは三食ともその国の料理だから、三日目くらいには、もう許してくれと言いたくなる。後発組の三人は旺盛《おうせい》な食欲で食べた。我々先発組も、中央観象台発見という大仕事をなしとげた気分のよさから、この昼食ばかりは食欲が進んだ。

リーさんも、皆の気分の好転を感じとりうれしくなったのか、女房に、

「どんな俳優が好きですか」

と聞く。女房が、

「竹野内豊とかー」

と言うや、

「わーっ私も」

と言って二人で手を取り合った。芸能界に詳しいMさんが、

「どこがいいのかなあ」

と言い、芸能界を知らないTさんと母と私が、

「つまらぬこと」

と無視し、息子たちが軽薄な母親に苦笑いした。

リーさんが、

「ところで次男さん金城武にそっくり」

と言った。次男が「えーっ」とはにかみ、長男と三男が「どこがー」と異議を唱えると、

「じゃあ若い子に聞いてみる」

とリーさんは皿をテーブルに置いたウエイトレスに尋ねた。ウエイトレスは次男を見て「キャッそっくり」と声を上げると慌《あわ》てて口を手で被《おお》った。李香蘭《りこうらん》の活躍した満

州映画が新京にあったため、戦後ここは中国映画のメッカとなったが、皆が日本映画にまで詳しいのでびっくりした。

私が、

「あとは住んでいた家だ。これが難題だ」

と言ったら、三男のサブが口を開いた。

「新京駅は官舎から大同大街を一直線に四キロ、と『流れる星は生きている』に書いてあるよ」

「何だって」

「サブ、これを持って来たんだ、念の為」

サブはそう言って母の本を差し出した。皆、見直すのをうっかりしていた。引揚げ記だから新京のことは書かれていない、と無意識に決めつけていたのである。Mさんが、

「おっ、サブちゃん、やったぞ」と叫んだ。

「どこだ」

「ここだよ」

夜中に官舎を出て駅へ向かう場面に確かにそう書いてある。本を手にとると私は読み上げた。

「一キロも歩かないうちに私はへたばってしまった。咲子を産んで一月経《た》つか経たない私には重い正彦は無理であった。大同公園のほとりに一息ついて私は生れて今まで感じたことのない悲しみに襲われた」

「すごい、サブ、でかした」

と私は力をこめて言った。これなら官舎は駅から大同大街をまっすぐ南下し、大同公園（現・児童公園）から一キロたらず、ということになる。そのうえ、父の足で官舎から観象台まで往復およそ一時間とまで書いてある。二キロ余りの距離だろう。『流れる星は生きている』は母が引揚げて二年以内に書いたものだからほぼ正確である。さっそく大地図を開き、中央観象台を中心として半径二キロの円、大同公園を中心として半径一キロ弱の円を描くと、二つの円の共通部分が判明した。このあたりに違いない、と大体の見当をつけた。

マイクロバスが止まったのは、旧大同大街から東に三本目の、平陽街という道路だった。新京動植物園（現・長春動植物公園）まで半キロほどの所である。いよいよ、と皆が下車した。

リーさんが年寄りに尋ねると、まさにここが旧東安街だった。官舎らしき古い建物がどこにもない。私もそれらしき建物を探し回った。バスの発着所らしき所にいる十数名の人々が、当地の人とは一風変わった我々をいぶかしげに見ていた。二十分ほどたった頃、あちこちを尋ね回っていたリーさんが、

「わかりました、ついて来て下さい」

と言った。

二分ほど北へ歩いて右に入った所に、三階建ての比較的に新しいアパートがあった。リーさんが「これです」と言った。「しまった、壊された」と思った。私たちの住んでいた官舎は二階建てのはずである。屋上に赤字で「中日友好楼」とあり、正面外壁の上部にパネルが掲げてある。「日本国　笠貫尚章先生敬建　一九九三年十月」とある。

八年遅かったのだと思った。笠貫という元中国残留孤児で、日本で会社社長となった人が、養父母への感謝の念から、この建物を寄贈したものだった。きっと笠貫氏自身がここにあった政府第八官舎に住んでいたのだろうと思った。

「政府第八官舎二十一号」の正確な位置はわからなかったが、ここに第八官舎があっ

たのだから、この一角にあったことはまず確実である。母は、周囲の建物がすべて変わってしまったため、断定できないようだったが、
「道は当時はこんなに広くなかった。家は道の東側」
と明言した。

私はアパートから数十メートルの東安街に戻った。この道は、北五百メートルほどにある大同公園と南五百メートルほどの新京動植物園を結ぶ道である。この道は幼い私が何度も歩き何度も転んだ道であり、父が毎日観象台へ通った道でもある。昭和二十年八月九日の真夜中、突然幸せな生活を断たれた私たちが、着のみ着のまま、両手に一杯の荷物を抱え不安に脅《おび》えつつ、一年余りにおよぶ、全滅と隣り合わせの彷徨《ほうこう》への、第一歩を踏み出した道でもある。私はしばらくの間、感慨に佇《たたず》んでいた。リーさんが中日友好楼の前で、「さあここで記念写真をとりますよ」と大声で言った。

翌日、長春滞在の最終日、一行は旧国務院へ向かった。私の住んでいた官舎の西方二キロほどの所にある。

日本の国会議事堂を真似《まね》て作られたこの建物は、満州国の最高行政機関である。関

東軍司令部と並び、日本でもめったに見られないほどの、美と豪壮を兼備した建物である。周囲には、軍事部、経済部、司法部など満州国の主要国家機関の建物が六つも残っている。これら立派な建物は今でも大学や省に使用されている。

国務院は現在、吉林大学白求恩医学部が使用している。玄関に入ると、白衣の医学生たちが、談笑しながら歩いている。聡明《そうめい》そうである。十四歳から八十二歳まで、という奇妙な構成の我々一行には特に注意を向けるでもない。エレベーターは満州国時代のものなのか、ぎくしゃくしながら最上階の四階へ昇った。ここにいくつかの展覧室がある。

壁には満州国政府の要職についた日本人の写真が飾ってあり、岸信介元首相なども見える。

彼は総務庁次長、すなわち実質の満州国ナンバー2であった。

バルコニーにある閲兵台は、溥儀が半年に一度、満州国軍を閲兵した場所である。ここに登ると、そよ風が心地よい。広大な広場を埋めつくす二万の軍隊を前に敬礼する溥儀を想像した。悲劇の皇帝でもよいから一日くらいならなってみたいと思った。ヒマそうな係員が来て、国務院の役割とか建物の構造を説明した。驚いたのは、国務院が秘密の地下道で新京駅や関東軍司令部と結ばれていたことである。

すぐそばの大きな暖炉が入口とのことだった。私はその暖炉を睨《にら》みつけた。女房が、

「逃げ道を作っておくなんて卑怯《ひきょう》よね。それに駅までは四キロもあるわ。大勢の中国人が穴掘りにこき使われたはずよ」

と言った。Mさんが、

「彼等は完成後どうなったんだろう」

と言って顔を曇らせた。歴史に詳しいTさんが、

「普通は口封じのため完成後に殺してしまうんです」

と表情を変えずに言った。

一朝事あらば、生命をかけて戦うのでなく、政府や軍の高官からまっさきに新京を脱出する手筈《てはず》が整っていたのである。私が子供の頃から幾度となく母が、

「関東軍は許さない。在留日本人を守ると言っておきながら、置き去りにして逃げてしまった」

と息まいていたのを思い出した。

日米戦争の始まる半年余り前、昭和十六（一九四一）年の四月、何の前ぶれもなく、

日本と仮想敵国ソ連との間に日ソ中立条約が結ばれた。有効期間は五年である。

間近に迫るドイツ軍のソ連侵攻を、スターリンは米英の情報機関を通して二月には知らされていたが、一年半前に調印されたばかりの独ソ不可侵条約を信ずる彼は、この情報をイギリスのチャーチル首相の謀略と考えた。チャーチルのスターリン嫌いは有名である。ソ連を挑発することで、ドイツのイギリスへの攻勢を弱めさせようという企《たくら》みと思ったのである。

それでも万が一の場合はある。日独伊三国同盟を結んでいる日本が、ドイツ軍に呼応し東から攻めて来たらたまらないから、とりあえず東部戦線を安定化しておこう、とスターリンは考えたのである。そしてもしできることならソ満国境の大兵力を西部戦線へ移動したい、そう思い日本に提案したのである。

日ソ中立条約の内容は、要するに、独ソ戦の際には日本が中立を守り、日米戦の際にはソ連が中立を守る、ということであった。日本軍部が北進論と南進論に二分されているのを嗅《か》ぎとった策士スターリンの、日本に南進を促すための罠《わな》でもあった。

南進は日本の対英米戦をよび、ひいては三国同盟を通してアメリカの欧州戦線参加を引き起こす。それこそはソ連滅亡を確実に防ぐほとんど唯一《ゆいいつ》のてだてとの読みであった。

ヒトラーはスターリンを騙《だま》し、六月には五百五十万の大軍でソ連に襲いかかった。日本はスターリンに騙され南進の方針を固め、七月に仏領インドシナ南部へ進駐した。これは直ちに、アメリカによる在米日本資産の凍結および石油輸出の全面禁止を引き起こした。対米英戦は必然となった。

昭和二十(一九四五)年二月、クリミヤ半島のヤルタで、ルーズベルト米大統領、チャーチル英首相、スターリンソ連首相とが戦後処理の問題について会談した。ここでスターリンは、ソ連がドイツ降伏後二、三ヵ月以内に対日参戦すること、その見返りとして日露戦争で失った南樺太《からふと》の回収、満州における権益の復活、千島列島の併合を、渋るチャーチルを押し切り、密約として認めさせた。チャーチルとは逆に、ルーズベルトはスターリンにいつも甘かった。日露戦争の恨みを晴らす、ということは明らかだが、ルーズベルトはなかなか降伏しそうもない日本に手こずっていたのである。気息奄々《えんえん》の仇敵《きゅうてき》日本を叩《たた》き、宿願の南下を実現する絶好のチャンスである。スターリンはすぐさま、終局の見えた対独戦線から、シベリア鉄道をフル回転させ兵員をソ満国境へ大移動させる。四月には、丸一年後に期限を迎える日ソ中立条約の不延長を通告する。五月にドイツが降伏してからは、兵員、兵器、補給物資の東送に拍車がかかる。五ヵ月余りの参戦準備中に、十三万六千輛《りよう》の満載貨車がシベリアを横切ったという。

七月十六日に、アメリカが原爆実験に成功すると、スターリンの焦《あせ》りは頂点に達する。まず、八月下旬攻撃開始を勝手に十一日に繰り上げた。そして八月六日に原爆が広島へ投下されるや、さらに繰り上げ八月九日零時攻撃開始の極秘命令を下したのである。自分の参戦前に、原爆ショックで日本が降伏してしまっては、分け前をもらいそこねる。

スターリン好きのルーズベルトと異なり、ルーズベルト急逝《きゆうせい》をうけ四月に新大統領となったトルーマンは、スターリン嫌いだった。ヤルタの密約を大統領になって知り怒り狂ったし、原爆完成のメドがついてからは、ソ連の領土欲にかられての参戦は不要かつ不快とさえ考えていた。トルーマンが原爆実験成功後ほんの八日という性急さで、日本への原爆投下命令を出したのは、ソ連の参戦前に日本にポツダム宣言を受諾させたい、との思いがあったからである。

トルーマンの思惑を読んでいたうえ、アメリカの原爆情報はスパイによりほとんどソ連に筒抜けだったから、スターリンも自軍の攻撃準備が完了する前に、しゃにむに総攻撃を開始させたのであった。

無論、昭和十六（一九四一）年四月に結ばれていた日ソ中立条約（不可侵条約）などはスターリンの眼中になかった。これを問題視する人もいるが、戦争とは外交の破綻《はたん》した極限状況であり、従って外交の産物である条約とか取り決めは、しばしば無視される。

問われるべきはその戦争の本質であり大義である。不可侵条約を破ったとか宣戦を布告しなかったとか、戦争を始める際の手続きの方は、あくまで枝葉末節である。ソ連の侵攻が許されないのは、泥棒の中でももっとも卑劣な火事場泥棒だからである。ソ連の破廉恥《はれんち》は領土的野心ばかりではない。ソ連攻撃をしなかった国民に対し、虐殺《ぎやくさつ》、略奪を重ねた後、満州国の工場などにあった機械設備を片端からシベリアに運んだうえ、シベリア開拓の労働力として、民間人を含めた数十万の日本人を強制連行し、長期間にわたり抑留酷使したのである。永遠に許されることではなかろう。

ソ連の野望など何も知らない日本だけが、昭和二十年の初め頃から、そのソ連に対米英和平の仲介を懇請していた。ソ連は野望ゆえに、和平斡旋《あつせん》を逃げ回り、うやむやな態度をとり続け、日本の願望を米英に伝えようともしなかった。米英に伝えたのはなんとポツダム会談も大詰めになった、七月二十八日になってのことだった。

アメリカは暗号解読により、とっくにこれらすべてを摑《つか》んでいた。窮地に追いこまれた日本が、駐ソ大使などを通じ必死に米英との和平を求めているのを充分に知りながら、「日本を早く降伏させるため」原爆を二つ落としたのだった。日本占領と戦後世界における、対ソ優位を確保するためだった。どの国も国益だけで動いていた。

八月九日零時を期して百七十四万のソ連軍は侵攻を開始した。関東軍司令部はその事実を満州国の最高幹部にもなかなか知らせなかった。『旧満州国中央観象台史』（出淵重雄著、自費出版）によると、ソ連侵攻を昼頃になり知った中央観象台長は、混乱の状況を把握し指示を仰ごうと、室長を関東軍司令部に行かせたが、関東軍はすでに朝鮮国境に近い通化の山中に移転してしまっていた。

仕方なく満州国交通部に問合わせに行かせたところ、「今後の部下の行動は貴官において指揮されよ」との大臣指示があった。交通部とは日本の運輸省にあたるもので、観象台はそこに所属していた。その指示を受けて夜十時頃、全中央観象台員に非常召集が発せられたのである。

その席で、まず家族から新京を脱出することが決定した。私たち家族が「十日午前一時半に新京駅集合」の指令を受けたのはこのような経緯であった。

国務院を出て我々は、家族でよく遊んだという旧新京動植物園を訪れた。ここは私にとって特別の場所である。私の新京時代の写真は二葉しかない。その一つがここでとったもので、にこやかな父、めずらしくはにかんでいる母、例外的なほど愛くるしい零歳の私、ごく普通な三歳の兄、の四人が草上に坐《すわ》っている。

ソ連の収容所に連行される父が、官舎を慌《あわ》ただしく出る時、全滅するかも知れない私たちの形見にと、アルバムから急ぎ剝《は》ぎ取ったものである。

動植物園の入口で、母が、

「ここには白樺がありましたよ」

と何気なく言った。門を入っても白樺がなかったので、何となく暗い気持になった。ところが少し奥へ入ると、白樺がたくさん現れたのでびっくりした。官舎のあった場所まで忘れていた母が、そんなことを覚えていたのは、信州出身の父と母にとって、白樺は特別に郷愁を誘うものだったからだろう。平穏無事な生活を送っていた若い父母にとっても、遠い外地に住む寂しさはあったに違いない。地平線に沈む夕陽を見ながら、きっと山の端に沈む信州のそれを思い出していたのだろう。

広大な緑溢《あふ》れる敷地のそこかしこに花壇がある。もしかしたらと、母にあの写真をとった場所を尋ねたが、やはり覚えていなかった。

父の元部下に聞いた話では、父は動植物園の周囲をめぐる金網の破れ穴からここに入りこみ、園を横切って観象台へ通っていたらしい。かなりの近道である。茶目っ気のある父はそれを得意気に言いふらしていたのだろう。「虎と狼《おおかみ》しかいない変な動物園」と兄が語っていたことを母に話すと、

「鹿や猿や羊もいましたよ、よほど怖かったんだね」

と、さもおかしそうに笑った。

ついで、やはり官舎から歩いて十分ほどの旧大同公園を訪れた。なだらかな起伏を埋める芝生、点在する柳、池には石の太鼓橋がかかり、池を取り囲むように並べられた柳が、水面に緑の影を落としている。しなやかに垂れた柳の枝葉が、公園に独特の落ち着きとみずみずしさを与えている。第一級の公園と思った。

ゆっくり散策しながら、「よかった、やはり美に囲まれて幼少時を過ごしたのだ」とホッとした。私が聞こえよがしに、

「こんな美しい公園が官舎のすぐそばにあったんだ」

と言ったら、すぐに感づいた長男が、

「パパよかったねー」

とニヤケながら言った。

昭和二十年八月十日、零時を回った頃、私たち家族五人は、午前一時半新京駅集合を目指して、官舎を慌ただしく出た。産後で体力のまだ回復してなかった母は、一キロも歩かないうちにへたばり、大同公園で一休みした。

私は大同公園を母と歩きながら、どこで休んだのかと尋ねたが、もう忘れていた。

「大同大街を、軍の家族と荷物を満載したトラックがひっきりなしに通った、と本に書いてあったけどどんな気持だった」

「うらやましかった」

「関東軍に対する怒りはなかったの」

「その時は三人の子供をかかえて必死だったから、ただうらやましかった。乗せてくれないかなあ、と思った」

そう言うと母は、色とりどりの自動車が、降り注ぐ夏の光を反射させながら疾走する大同大街に目をやった。

関東軍は八月九日の午前から、軍のトラックで将校の家族と家財を新京駅に運び避難列車に乗せていた。関東軍の指示によると、関東軍将校家族の次が満州国軍日系将校の家族、次が満鉄職員の家族、次いで私たちのような日系官吏の家族、最後が一般人となっていた。驚くべき指示である。母が家財道具満載のトラックを見たのは、十日に入っていたから、満州国軍日系将校の家族のものだったかも知れない。

終戦の六日も前に、関東軍将校たちは百三十万の在満日本人を置いてきぼりにしたのである。将校たちは通化で徹底抗戦と言っていたが、そこは縦深陣地は未完成、通信設備や防空設備もまだ、という所だった。徹底抗戦どころか、ここに移ったため、前線部隊と司令部との連絡は途絶えてしまった。

ソ満国境地帯では小部隊がいくつも残り、必死の抗戦を行なったが多くは全滅した。虎頭《ことう》や牡丹江《ぼたんこう》のように堅固な要塞《ようさい》のある所では、各師団が壮絶な戦いを続けていた。正攻法で勝ち目はないから、肉弾攻撃をくり返した。五キロか十キロの爆弾を身に結びつけ敵戦車に体当たりするのである。ソ連軍がたじたじとなるほどの奮戦をし、多くが玉砕した。連絡途絶のため、八月二十六日まで戦い続けた部隊もあった。将校たちは、居留民ばかりか、勇敢な兵士たちをも見捨て、安全な南部へ逃げてしまったのである。

守ってくれるべき軍隊を失った我々は塗炭《とたん》の苦しみを味わうことになったが、北満州に入植していた開拓団はまさに悲劇だった。関東軍は差し迫るソ連侵攻を充分に知っていた。あれだけのソ連軍大兵力が国境に集結していたのだから当然である。多くの大部隊は南方、日本本土、満州南部などにこっそり移されていたにも拘《かかわ》らず開拓民の南への疎開《そかい》は、関東軍が手薄になったことをソ連に感づかせる、という理由から実施されなかった。まもなく戦場になることを知りながらおとりとして遺棄したのである。

昭和二十年六月の根こそぎ動員により、壮年の男たちはみな召集されていたから、入植地に残る開拓民二十七万名のほとんどは女、子供、老人だった。村落ごとにまとまって徒歩や馬車で避難を始めたが、ソ連機甲部隊の急進撃で多くの犠牲者がでた。ぞろぞろと長い列を作り避難する難民たちに、丘の上から一斉射撃を浴びせる、などという無慈悲ぶりだった。

獣のごときソ連兵による虐殺、略奪、強姦《ごうかん》は怖《おそ》るべきものだった。絶望の中で、数十人、数百人単位の集団自決が相次いだ。父親が泣きながらわが子そして妻を撃ち、最後に自らの命を断つ、というような光景が随所に見られたという。

八月十五日に日本がポツダム宣言を受諾し、三日後に大本営から武装解除の命令が出て、避難民も武装を捨ててからは、少しでも占領地を増やそうと進撃を止めないソ連兵に加え、中国人が暴民と化して丸腰の開拓団を襲い、物品を強奪した。集団自決の遺体から衣服を剝ぎとることまでした。

満州国時代、関東軍は中国人の土地や農産物を収奪し、従わぬ者は虐殺し、従わぬ勢力は匪賊《ひぞく》の名の下に討伐し、仕方なく従った者のうち延べ数百万人を産業開発の労働力として酷使するという暴政を行なった。

そのツケを、開拓民をはじめとする百三十万の切り捨てられた人々が払わされたのである。史上稀《まれ》に見る惨劇だった。

ここで暴政というのは、無論現在の視点で見た場合のことである。毎年百万以上の中国人が満州に流入していたという事実は、この傀儡《かいらい》国家をユートピアと考える中国人が当時多数いたという証拠でもある。歴史には様々の視点が可能ということを、今さらながら思い知らされる。

私たちは大同大街をマイクロバスで駅へ向かった。これほど広い道路は日本にないだろう。百貨店やホテルなどの近代的ビルの間に、満州国時代の建物が散在する。古いと思われる建物は、たいていが満州国時代のもので、戦後に建築されたビルとは比べものにならないほどの美と調和と重厚を有している。インドを旅している時、これは、という建物がすべてイギリス統治時代のものだったことを思い起こした。多くの植民地で、都市計画、鉄道、港湾建造物などインフラに関して、宗主国の功績は否定しようがない。日本も満州や朝鮮には政府と民間が莫大《ばくだい》な資本投下を行なったのだった。たとえば昭和十二（一九三七）年に始まった満州産業開発五ヵ年計画は、資金五十二億円を投じて重工業を育成しようとするもので、その年の日本の歳出予算が二十七億円だったことを考えると、その規模の大きさがわかる。あまりの多額を満州に費すので、貧困にあえぐ東北地方の人々が反対の声を上げたほどである。結局は満州も朝鮮も日本の持ち出しだったと言われるほどである。

リーさんが「これが昔の康徳会館、隣りがニッケビル」と説明するたびに母が「知っています、何度も来ました」と機嫌よく応《こた》える。機嫌のよい母から何かを引き出そうと、

「引揚げの時は、真夜中に持てるだけのものを持ってここを歩いたんだよね」

と私が言ったら、

「お前が一番手がかかりました。第一重かった」と言われた。

左に旧児玉公園を見て、右に緑色の旧新京郵便局を見るとすぐに駅である。

ここで降りると、直径二百メートルはありそうな駅前広場が、ますます大きく見えた。人、バス、タクシーなどでごった返している。母が「広場は同じだけど駅はちょっと違う」と言った。リーさんに聞くと、駅の内部はほぼ同じだが、外側を改築したと言う。以前のものを写真で見ると、やはり現在の長春駅より新京駅の方がはるかに美しい。改悪である。

運命の日、昭和二十年八月九日の深夜、私たち家族が、着のみ着のままでたどり着いた新京駅と、内部はさして変わっていない、と聞いてほっとした。ただ、駅構内はきちんとコンクリートが打ってあり、私たちの寝た土はどこにもない。

二階へ続く広い階段を人々が談笑しながら昇降している。どこの駅とも変わりない光景、そしてざわめきである。

同じ階段を、皇帝溥儀が通り、天皇の名代として秩父宮、高松宮が通り、多くの日本の首相や中国の要人の通ったことなど、誰も興味がないのだろう。まして、山ほどの荷物を背負いぶらさげた、女子供ばかりの日本人引揚者たちが、必死の形相でこの階段を登っていったこと、その多くが故国へたどり着く前に力つきたこと、などに思いいたる人はいない。人の波の切れた階段をじっと見上げていると、歴史が風のように駅を吹き抜けた、とさえ思えてくる。

自宅にある『流れる星は生きている』の初版本を思い出した。引揚げの三年後に日比谷出版から上梓《じょうし》された時、父と母は、三人の子供たちが大きくなったら読むようにと、三冊を大封筒に入れて大事にしまっておいたのである。

引揚げの苦労がたたり病床に臥《ふ》せていた母の、遺書がわりとして著されたこの本は、半世紀を経て、ぺらぺらの表紙も粗い手触りのページも、すべて茶色に変色している。それぞれの扉には、父と母からの贈る言葉が万年筆で書かれている。私あてのものにはこう書いてあった。

昭和二十四年九月二十五日

正彦へ

この本は、引揚げの苦労を文章にまとめたものです。お父さんが一ヶ月おくれて帰って来て「彦ちゃん、山を越えた事覚えている?」と聞くと「うん、すべってすべって登れなかったよ」と覚えていました。

父

お前はまだ幼なくて、この本に出て来ることは何も覚えていないでせう。でもお前はほんとうに強かったのだよ。そして、一生強く生きるように、お母さんはそればかり祈っている。　母

感慨深げに階段を見上げたり、物思いに沈んだりしている私に、息子たちは愛想をつかしたのか、三人でふざけ始めている。「この新京駅で」と気分を害した私が息子たちに言った。

「ここは藤原家の原点なんだ。お前たちも『流れる星は生きている』を読んだろう、おばあちゃんが、この階段を三人の幼児を引き連れ登ったところから、あの想像を絶する引揚げが始まった。おばあちゃんは帰国後、一年余りの激労から身体を壊し、子供への遺書のつもりで大学ノートに綴《つづ》ったのがあの本なのだ。おばあちゃんに刺激され、おじいちゃんが作家新田次郎となった。両親の影響で、パパもアメリカでの研究生活の後、少しずつものを書くようになった。そのおかげでママと知り合い結婚したのだ。そのおかげでお前たちのような愚息が生まれた。この駅はお前たち発祥の地なのだ」

息子たちはわかったようなわからぬような面持だった。私は母に言った。

「あの日の駅のこと覚えている」

「いやもうほとんど忘れちゃいましたよ。雑然とした薄暗い構内、我れ先にと殺気だった群衆、くらいしか覚えてない」

もっと聞きたかったのに、と私は五十六年の歳月を恨めしく思った。すると、ほんの数秒して、

「どんなことをしてでもこの子たち三人を生かして日本へ帰ろう、とばかり考えていたからね」

と母が付け加えた。恐ろしい逃避行の始まる予感に、それまで味わったことのない緊張と決意に身を強張《こわば》らせていた母には、周囲の光景など目に入らなかったのだろうと思った。

私はなぜか明るい声で、母に、

「あの時は一年以上もかかって日本にたどり着いたけど、ありがたいことに今度は飛行機であっと言う間だよ」

と言った。

「お前たちももう足手まといにならないからね」

「足手まといはお母さんだけだよ」

「ホントだね」

母の久し振りの笑い声が駅の高い天井に響いた。

あとがき

本書は、主に二〇〇〇年から三年ほどの間に書かれたエッセイを集めたものである。この時期は、十年も続く経済不況に対する政府の政策が、すべて空振りとなるのを、国民が脱力感とともに眺めていた時期である。

学級崩壊、学力崩壊、不登校、いじめなどが叫ばれて久しくなりながら、文科省の打出す改革は功を奏さず、挙句の果てに、導入前から悪評ふんぷんの「ゆとり教育決定版」が実施された時期でもある。

内政では金銭疑惑、業界癒着、与野党の派閥抗争や離合集散など、相変わらずのドタバタ劇、外交では対米追随と対中韓朝お気遣い、ばかりが目につく時期であった。

このような混沌《こんとん》の中で、数学者としての習性から、一つ一つの事象よりも、すべての底に横たわる本質について考えざるを得なかった。本書の中で、祖国に触れたものや、憂国調のものが多いのはそのためである。

祖国との関連で書いた「国語教育絶対論」は、国家再生、すなわち教育再生に関して、度重なる改革がさらなる混迷と悪化を招いている中、本質中の本質とは何か、について言おうと筆をとったものである。祖国を祖国たらしめるもの、すなわち文化、伝統、情緒などのかなりの部分は、国語の中に凝縮されている。祖国再興を語るのに国語に触れずにはいられない。

本書中もっとも長いものは、「満州再訪記」である。私の生地である旧満州の新京（現・長春）を、母と訪れた際の紀行文で、雑誌「考える人」に掲載されたものに大幅な手を加えたものである。

帝国主義日本の、象徴とも言える満州の、その中心地を訪れる当惑と、生後二年余りを家族と暮らした日々への思い入れ、の狭間《はざま》で心の揺れる旅であった。

軍国日本の傲岸不遜《ごうがんふそん》な侵略が、中国人に甚大な苦痛を与えたことは承知していたが、荒野のごとき満州に莫大な資本を投下し、近代的インフラを整備したのも日本であったことは、現地で気付き帰国後に確認したことであった。

無論、立派な都市計画をはじめとする近代化は、日本の軍備拡大を支えるためのものであったが、夢の新国家を創《つく》ろう、という純粋な気持もそこに感じられたのは、せめてもの救いであった。

それにしても、私と同じ日本人が、外国の地にあの広大な国家を作る、というような途方もないことをよくぞ思い至ったと、なかば驚嘆し、なかば呆《あき》れてしまう。欧米列強の露骨な植民地主義に毒されて悪夢を見ていたのか、日清日露の勝利で誇大妄想《もうそう》に取り憑《つ》かれたのか、くらいにしか考えられない。日清戦争に至る二千年近い歴史を通じ、海外に兵を送ったのは七世紀に百済《くだら》の要請で白村江《はくすきのえ》の戦いに参加したこと、および十六世紀の秀吉の朝鮮出兵のみ、という稀《まれ》にみる平和愛好国家、の善良な民の発想ではない。それが偽らざる印象だった。

本書には、朝日新聞の科学欄に一年間にわたり連載したものが含まれるが、それらの執筆は私にとってよい気分転換であった。

科学は、芸術などと同様、この世のくだらなさを忘れさせてくれる。人間も捨てたものではないと思わせてくれる。ただし、家族を忘れることまではできなかった。うっかり彼らとの科学談義を軸に連載を書くことにしてしまったからである。満州紀行も家族ぐるみだったから、そこでもうるさい女房や生意気な息子たちが、大きな顔で登場する。

こうしてエッセイを並べて見ると、この三年間、愛人と夢のエーゲ海クルーズに出るなどというドラマもなく、もっぱら不甲斐《ふがい》ない日本、そして女房と子供という目の上と下のたんこぶ、につきまとわれていたことがわかる。

一昔前、政治も経済も教育も、世界も日本も家族も、エーゲ海クルーズも何も考えず、ただただ数学に明け暮れていた頃が妙になつかしい。文字通り一日中一年中、抽象の世界を逍遥《しょうよう》していられる数学者こそ、世の中でもっとも幸せな職業なのだと今思う。

なお、題名の「祖国とは国語」は、もともとフランスのシオランという人の言葉で、それを私の敬愛する今は亡《な》き山本夏彦さんが引用したのを、あまりにカッコよいのでちゃっかり再引用したものである。

最後になったが、本書を上梓《じょうし》するに際し、講談社の須藤寿恵氏に謝意を申し上げたい。彼女の、賞讃《しょうさん》を十倍にふくらませ批判を十分の一に縮める、という女房とは正反対の私への対応は、人の言葉をそのまま信ずるという私の素直さと相まって、本書完成の力となった。

平成十五年三月十九日　　藤原正彦

初出一覧

国語教育絶対論　「文藝春秋」二〇〇三年三月号
英語第二公用語論に　『日本の論点2001』文藝春秋刊
犯罪的な教科書　「文藝春秋」二〇〇一年五月号
まずは我慢力を　「産経新聞」二〇〇二年五月二七日
産学協同の果ては　『日本の論点2002』文藝春秋刊
ノーベル賞ダブル受賞　「毎日新聞」二〇〇二年一〇月一七日
情報機関の創設を　「産経新聞」二〇〇二年九月二五日
アメリカ帰りが多すぎる　「産経新聞」二〇〇二年一一月一二日
大局観と教養　「産経新聞」二〇〇二年一二月一八日
戦略なき国家の悲劇　「産経新聞」二〇〇三年一月三〇日
パトリオティズム　「産経新聞」二〇〇三年三月二〇日
お茶の謎　「朝日新聞」二〇〇二年四月一三日
ギーギー音　「朝日新聞」二〇〇二年五月一一日
ダイハッケン　「朝日新聞」二〇〇二年六月八日
科学は無情　「朝日新聞」二〇〇二年七月六日
ネギよ来い　「朝日新聞」二〇〇二年八月一〇日

右目の落涙　「朝日新聞」二〇〇二年九月一四日
ガスもれ感知器　「朝日新聞」二〇〇二年一〇月一二日
数学は宝石箱　「朝日新聞」二〇〇二年一一月九日
雪でなければ白くない？　「朝日新聞」二〇〇二年一二月一四日
エベレストの積雪　「朝日新聞」二〇〇三年一月一八日
この世は数学だらけ　「朝日新聞」二〇〇三年二月一五日
力士の汗かき　「朝日新聞」二〇〇三年三月一五日
求む　踊り子　「朝日新聞」二〇〇二年八月一五日
卑怯を憎む　「文藝春秋」二〇〇二年四月一五日臨時増刊号
一石三鳥ならず　「室内」二〇〇一年一月号
血が騒ぐとき　「室内」二〇〇二年一月号
ウォーキング　「週刊新潮」二〇〇二年七月四日号
ライアンの娘　「週刊文春」二〇〇〇年八月二四日号
中原中也詩集　「読売新聞」二〇〇一年九月二三日
いじわるにも程がある　山本夏彦『一寸さきはヤミがいい』新潮社刊
満州再訪記　「考える人」二〇〇二年秋号

解説

齋藤 孝

ああ、この人に、文部科学大臣になってもらいたい。

これが、私の切なる願いだ。数学者にして、華麗なる文章家。学問、文化、科学を愛すること、並ぶ者なし。そして何よりも、この日本をよりよくしていこうという強い志にあふれている。その志は、火山の溶岩のように、腹の底からやむことなくわき上がってきてしまう。それがこの『祖国とは国語』から、はっきりと伝わってくる。

これほどの人物に文部科学大臣を任せないのは、この国の大きな損失である。私は日本の政治の一番だめなところは、大臣の弱さにあると思っている。これまで大臣は、自民党の有力政治家のためのポストの意味合いが強かった。大臣にも格の差があり、何とか大臣を務めたら次は何々大臣にステップアップする、といった具合だ。腰かけ大臣のようになってしまうケースも少なくない。これでは、官僚の人たちに、新しいヴィジョンを納得させ、協力してもらうのは難しい。就任して一から官僚に勉強を教わるようでは、とても大臣とは言えない。

一国の大臣とは、そのように軽い役職ではない、と私は思う。専門性とともに、幅広い教養と見識に裏付けられた将来像（ヴィジョン）をはっきり描くことのできる力。「この国をよくしていこう」という熱い思いを伝染させることのできる熱い志。この本を読めば、こうした稀有《けう》な力をはっきりと感じ取ることができる。病む人の生命に息を吹き込み、魂を鼓舞するという意味で、まさにインスパイア・パワーにあふれた本だ。気持ちのどこかに火がついたら、それをインスピレーションに変えてみよう。自分のミッション（使命）を見つける推進力を、この本は与えてくれる。

私が藤原先生の存在を初めて知ったのは、『若き数学者のアメリカ』（新潮文庫）を人に勧められて読んだときだ。いやあ、実にさわやかな素晴らしい本でした。まだ読んでいない人はもったいない。今すぐ読んでください。暗く寒いミシガンで神経衰弱的になり、南のフロリダへ行く。そこの海岸で出会った青い瞳《ひとみ》の少女セリーナとの出会いは、私自身が経験したかのようにまぶたの裏に焼きついている。この本を読んだときから、私は藤原先生のファンになった。

その藤原先生に私が初めてお会いすることができたのは、2001年の新潮学芸賞の授賞式であった。審査員の藤原先生が私の『身体感覚を取り戻す』という本を講評してくださったのだが、その要約力とコメント力には驚嘆した。的確な上に異常なまでにスピーディーなのだ。むだな言葉が一言もない。むだの多いスピーチを聞かされることの多い日本では、実に爽快《そうかい》な体験であった。それにしても、あのつんのめるほどの急ぎ足のしゃべり方は私の印象に残った。言いたいことがあふれてきて、とまらない。そんなつんのめり感がほほえましく、温かみを感じさせるのだ。頭脳が明晰《めいせき》なだけでは足りない。聴く人に本当の満足を与えたいという熱いサービス精神が、聴く者の心をわき立たせる。

そして、この初めて聞いたときから懐《なつ》かしい独特の話し方に再び接することができたのは、文化庁文化審議会国語分科会という委員会の場であった。テーマは、二十一世紀の日本語（国語）はどのようであるべきか、どのように国語力を向上させることができるかといったものだった。ここの場でまさに先生の二十年来の持論である「国語教育絶対論」が炸裂《さくれつ》したのであった。「国家の浮沈は小学校の国語にかかっている」「母国語の語彙《ごい》は思考であり情緒なのである」「『論理』を育てるには、数学より筋道を立てて表現する技術の習得が大切ということになる。これは国語を通して学ぶのがよい」「脳の九割を利害得失で占められるのはやむを得ないとして、残りの一割の内容でスケールが決まる。ここまで利害得失では救われない。ここを美しい情緒で埋めるのである」「小学校における教科間の重要度は、一に国語、二に国語、三、四がなくて五に算数、あとは十以下なのである」これが実に数学者の言葉だけに、より深く心に突き刺さってくる。私は藤原先生のみずからの情熱で身が焦《こ》がれんばかりの主張に、深く共感し、賛同の意を述べたのであった。

思想の価値は、その思想の生命力にかかっている。そして、その生命力は、その思想の透徹度によって決まる。透明度が高く、徹底している思想。まさに数学の定理のように、シンプルな絶対性を持ったものが価値を持つ、はずだ。もっともこの委員会では、私たち二人の熱が高過ぎて、ほかの人たちとの間に温度差があったのも確かであった。

委員会では、国語の未来は読書にかかっているという共通の認識に至った。どうやったら読書力が向上するか、という具体的な案が求められた。私は、「具体的かつ本質的」な案を考え抜いた結果、小学校の通信表に「読書活動」の欄をつくるというアイディアに思い至った。私はこの案を、シンプルかつ決定的で、数学の定理のようにあまりにも美しいと、いつもどおり自画自賛力を発揮していたのだが、評判は思いのほか悪かった。読書は強制すべきものではない、という何だか生ぬるい意見が大勢を占めた。委員会が終わった後、藤原先生が私のところに来て「あれはいつ思いついたんですか。自分が思いつけなかったのが悔しい」と言ってくださった。この具体的かつ本質的なアイディアを求める意欲、この率直さに触れて、私は救われたと同時に、一層藤原先生のファンになったのであった。

藤原先生のもうひとつの魅力は、知的なユーモア感覚だ。この本の中程に収められている短いエッセイは、実に笑える名エッセイばかりだ。内田百閒《ひゃっけん》を思い起こさせる知的ユーモアのあふれた名エッセイだ。発見を重んじる精神と卑怯《ひきょう》を憎む心が二本柱になっている。考えてみれば、数学や科学は、卑怯を憎む心に通じるものがある。イコールで結ばれた右辺と左辺には、いつもフェアに同じ扱いをしなければいけない。どちらかに勝手に足し算や掛け算をしてはまずい。科学的発見に関しては、父親の権威は役に立たない。非情なまでに公正な世界だ。お父さんから受け継いだ「卑怯を憎む心」という情緒力が、美を重んじる日本の伝統的な情緒力と相まって、数学者の道につながっているのではないだろうか。

情緒力ということでは、「満州再訪記」は感慨深い文章だ。藤原先生の出生地である満州には、日本の歴史が凝縮されて詰まっている。家族とともに原風景を求める旅は、昭和という時代をたどり直す旅でもある。あの時代をよく知らない世代にとっては、実に勉強になる文章だと思う。歴史が肌触りのあるものとして感じられるはずだ。

ぜひお母様の藤原ていさんの『流れる星は生きている』（中公文庫）とあわせて読んでほしい。藤原家のパッション（受難＝情熱）が流れ込んでくるだろう。

この本は、日本人のだれもに読んでもらいたい本だ。この本のヴィジョンと熱情に刺激を受けて、自分のミッションを探ってほしい。

（平成十七年十一月、明治大学教授）

この作品は平成十五年四月講談社より刊行された。

藤原正彦著

若き数学者のアメリカ

一九七二年の夏、ミシガン大学に研究員として招かれた青年数学者が、自分のすべてをアメリカにぶつけた、躍動感あふれる体験記。

藤原正彦著

数学者の言葉では

苦しいからこそ大きい学問の喜び、父・新田次郎に励まされた文章修業、若き数学者が真摯な情熱とさりげないユーモアで綴る随筆集。

藤原正彦著

数学者の休憩時間

「正しい論理より、正しい情緒が大切」。数学者の気取らない視点で見た世界は、プラスもマイナスも味わい深い。選りすぐりの随筆集。

藤原正彦著

遥かなるケンブリッジ
―一数学者のイギリス―

「一応ノーベル賞はもらっている」こんな学者が闊歩する伝統のケンブリッジで味わった波瀾の日々。感動のドラマティック・エッセイ。

藤原正彦著

父の威厳 数学者の意地

武士の血をひく数学者が、妻、育ち盛りの三人息子との侃々諤々の日常を、冷静かつホットに描ききる。著者本領全開の傑作エッセイ集。

藤原正彦著

心は孤独な数学者

ニュートン、ハミルトン、ラマヌジャン。三人の天才数学者の人間としての足跡を、同じ数学者ならではの視点で熱く追った評伝紀行。

藤原正彦著　古風堂々数学者

独特の教育論・文化論、得意の家族物に少年期を活写した中編。武士道精神を尊び、情に棹さしてばかりの数学者による、48篇の傑作随筆。

齋藤　孝著　ムカツクからだ

ムカツクとはどんな状態なのか？　漠然とした否定的感覚に呪縛された心身にカツを入れ、そのエネルギーを、生きる力に変換しよう！

櫻井よしこ著　日本の危機
菊池寛賞受賞

税制の歪み、教育現場の荒廃、人権を弄ぶ人権派の大罪、メディアの無軌道……。櫻井よしこが日本社会の危機的状況を指弾する第一弾。

柳田邦男著　人生がちょっと変わる
―読むことは生きること―

読むこと・書くことは生きることと同じと言い切る著者の、読書体験エッセイ集。あなたの生き方がちょっと変わるかもしれません。

佐野眞一著　だれが「本」を殺すのか
（上・下）

活字離れ、少子化、制度疲労、電子化の波、「本」を取り巻く危機的状況を隈なく取材。炙り出される犯人像は意外にも……。

新田次郎著　孤高の人
（上・下）

ヒマラヤ征服の夢を秘め、日本アルプスの山々をひとり疾風の如く踏破した〝単独行の加藤文太郎〟の劇的な生涯。山岳小説の傑作。

祖《そ》国《こく》とは国《こく》語《ご》

新潮文庫　ふ-12-8

平成十八年一月一日発行
平成十八年六月三十日十四刷

著者　藤《ふじ》原《わら》正《まさ》彦《ひこ》

発行者　佐藤隆信

発行所　株式会社新潮社
郵便番号　一六二―八七一一
東京都新宿区矢来町七一
電話　編集部(〇三)三二六六―五四四〇
読者係(〇三)三二六六―五一一一
http://www.shinchosha.co.jp

価格はカバーに表示してあります。

乱丁・落丁本は、ご面倒ですが小社読者係宛ご送付ください。送料小社負担にてお取替えいたします。

印刷・株式会社三秀舎　製本・加藤製本株式会社

ISBN4-10-124808-7 C0195